夜の怪事

八丁堀・地蔵橋留書2

浅黄斑

時代小説

二見時代小説文庫

天満月夜《あまみつつきよ》の怪事《ケチ》——八丁堀・地蔵橋留書2

目次

仲秋《ちゅうしゅう》の名月

1

その日は朝から分厚い雲が、低く重く垂れ下がっていた。

昼下がり――。

鈴鹿蘭三郎《すずからんざぶろう》は元浜町《もとはまちょう》の西縁河岸《にしべりかし》を、北に向かって物思いに耽《ふけ》りながら歩いていた。

仲秋も半ばというのに、いやに蒸し暑く、身につけた切袴《きりばかま》が、いささかうっとうしかった。

浜町堀の水が菜種油のように、妙にねっとり澱《よど》んで見える。

と――。

いずくかで荷を下ろしたらしい空《から》の荷足舟《にたりぶね》が一艘、堀川の水を蹴散らすように下ってきて、たちまちのうちに浜町堀を流れる水が、菜種油から元の流れに戻ったかに感じられた。

知らず知らず、水面《みなも》ばかりを眺めながら歩いてきた蘭三郎は、ふっと夢から醒めたように顔を上げ、小さな吐息をついた。

今、蘭三郎が歩いている河岸道から近い新和泉町《しんいずみちょう》の［河内屋《かわちや》］という小間物問屋で奇妙な事件が起こったのは、ついひと月ほど前のことである。

奇妙というのは、［河内屋］の主《あるじ》の弥兵衛《やへえ》が蔵に侵入していた賊に腹を刺され、蔵の外に逃れ出て扉を閉めて賊を閉じこめた。

ところが、閉じこめたはずの賊が衆人環視のなかで、煙のように蔵から消え去ったというものである。

そして弥兵衛は命を落とした。

まだ十四歳の蘭三郎は、ひょんなことからその事件に首を突っ込むことになったのだが、事件は思わぬ展開を見せて終結した。

蘭三郎は北町奉行所の定廻り《じょうまわ》り同心鈴鹿彦馬《ひこま》の妾腹《しょうふく》の子であったが、その父に古くからつく岡っ引きに帆柱《ほばしら》の喜平《きへい》という人物がいる。

その喜平は蘭三郎にとっては、まるで実の祖父のような存在であったから、怪事件の内容をくわしく教えられているうちに、なんとはなしに、事件の謎が解けたような気がしてきた。

そして喜平に、自分の絵解きを話したものだが、これがどんぴしゃり、だったのである。

もっとも、蘭三郎の絵解きを丹念に足を使って検証したのは喜平親分と、その手下《てか》たちであったのだが……。

しかも、その事件の幕切れには、蘭三郎が予想もしなかった、やるせない悲話がくっついていた。

その悲話を喜平は、

――ただ訳あって、御父君にも世間にも、あっしの一存にて隠蔽《いんぺい》をすることにいたしやした。もちろん、お叱りは覚悟のうえでございやす。

といい、元はといえば坊ちゃんの絵解きでございましたから、と蘭三郎だけには、真実を明かしてくれたのが、つい昨夕のことであったのだ。

蘭三郎には、腹ちがいの（つまりは、父と本妻との間にできた）兄が二人に、姉が一人いる。

その次兄の梅次郎《うめじろう》が、父と同僚の町方同心のところに養子に入ったのを機に、蘭三郎は本宅である亀島町《かめしまちょう》の同心組屋敷に入ることになった。

だが、ちょっとした沙汰もあり、また鶴恵《つるえ》という父の本妻との折り合いも悪く、一年とたたないうちに鈴鹿家を出されて、再び実母のおりょうと暮らしはじめた。

表情にも態度にも出さずにはいるが、そのことは、少なからず蘭三郎の心に、ひと筋の傷を刻んだことに変わりはない。

喜平親分が、蘭三郎にだけ教えてくれた事件の裏の真実は、どこか蘭三郎の境涯にも通ずるところがあって、また事件現場の近くを通っているうち、ついつい蘭三郎を物思いの淵に引きずり込んでいったのである。

(いや、今はそれどころではない)

まだ、心の奥底でくすぶる想いを打ち捨てるように、空を見上げる。

どこまでも、分厚い雲に覆われた空だった。

またも、蘭三郎は吐息をついた。吐息というよりは溜息に近かっただろう。

あと二日すれば、八月の十五日である。

いわずと知れた仲秋の名月の日だ。

実はその月見を、蘭三郎は今年の初めから楽しみにしていた。

(あと、二日……)

はたして、その夜までに雲は残らず霽《は》れて、無事に月を眺めることができるのかどうか……。

焦りにも似た心持ちがぶり返してきて、蘭三郎の足は、やや速まった。

先月の六日のことだ。

この年、四月、五月、六月と噴火を繰り返していた信濃《しなの》の浅間山《あさまやま》が、耳をつんざくばかりの音とともに、大爆発を起こした。

火口から噴き出した溶岩が北の急斜面を走り、麓《ふもと》の村々を呑み尽くしながら吾妻川《あがつまがわ》までなだれ落ちた。

その被害について『徳川実紀《とくがわじっき》』には――。


　よりて信濃上野《こうずけ》両国の人民流亡し、あまつさへ石にうたれ、砂にうづもれ、死するもの二万余人。牛馬はその数を知らず。凡《およそ》この災にかゝりし地四十里余におよぶといふ。


と記されるほどの大災害となった。

空高く舞い上がった火山灰は、江戸にも及んで降り積もり、また空を覆って、昼間というのに行燈《あんどん》に火を灯すほどに、江戸の町は暗くなった。

そんな日が何日も続いて、その時点で蘭三郎は、間近に迫ってくる仲秋の名月を、一旦はあきらめたものだ。

だが、だんだんに空は回復していって、長いこと目にすることもできなかった富士の姿が望まれるまでになった。

（この分だと……）

あれほど楽しみにしていた、今年の仲秋の名月を観ることも可能なのではないか。

一度はあきらめただけに、以前にも増して蘭三郎は、その夜を心待ちにするようになっていた。

ところが、きょうの低く垂れこめた曇天である。

（大丈夫なのか）

楽しみにしていた分、蘭三郎の焦燥感は強かった。

2

蘭三郎は栄橋《さかえばし》で浜町堀を東に渡った。

渡った先は久松町《ひさまつちょう》、そこに蘭三郎が通う起倒《きとう》流の竹中《たけなか》道場がある。

ここで柔術を習いはじめたのは、蘭三郎が本宅に入った翌月からのことで、もちろん父の勧めであった。

起倒流には十手《じって》術や、棒術、捕縛術などもあって、いずれも捕り方同心には不可欠な技なのである。

剣は十歳のときから、芝愛宕下《あたごした》の直心影《じきしんかげ》流の長沼《ながぬま》道場で学んでいた。

両道場ともに、父の鈴鹿彦馬が学んだところだそうだから、いずれ父は、蘭三郎を後継者のいない同心のところに養子として入れよう、との腹であるにちがいない。

そのくせ、一度は屋敷に引き取った蘭三郎を、えらく簡単に出戻りさせたものだ。

外では威勢を張っている父だが、本宅では本妻の尻に敷かれ、また、蘭三郎の実母のおりょうにも頭が上がらない唐変木《とうへんぼく》だ、とは、生酔いの喜平が、ふと口走ったことである。

（なるほど……）

いわれてみれば、蘭三郎にも、いろいろと思い当たるところがあった。

いったん本宅に引き取りながら、たった八ヶ月で母のところへ戻された蘭三郎は、当然のことながらおもしろくなかった。

いっそケツをまくって、柔術などやめてしまおうか、などと考えたこともあった。

だが、そうはしなかった。

竹中道場には、青島俊蔵《あおしましゅんぞう》という師範代がいた。

青島は勘定所普請役《ふしんやく》を務める御家人《ごけにん》であったが、竹中道場にあっては四天王の一人に数えられ、特に水車《みずぐるま》や腰車《こしぐるま》といった華麗な投げ技に優れ、蘭三郎はたちまちのうちに魅了されて、いずれは自分も……、というような気分になっていたからだ。

ただ、竹中道場に入門して、ようやく一年、いまだ受け身や関節技などを修練中で、投げ技を学ぶまでにはいたらずにいる。

稽古着に着替えて道場に入ると、

「お、久しぶりではないか」

兄弟子《でし》の一人が声をかけてきて、

「先日来、山崎弥太郎《やまざきやたろう》が、おまえのことを探していたぞ」

「はあ、そうですか」

山崎弥太郎はひとつ歳上だが、竹中道場への入門は、蘭三郎のほうが早かった。

とにかく口の悪い男で、蘭三郎はずっと疎《うと》んじる態度をとり続けていたのだが、つい先月のこと、自分もまた妾腹の伜だと告白してきて、なにやら友人めいた交際をはじめたばかりである。

　もっとも山崎のほうは、蘭三郎が不浄役人の庶子であるのに対して、実父が元は火《ひ》付盗賊《つけとうぞく》改《あらため》役《やく》の頭《かしら》であったらしい。

　つまりは大身《たいしん》旗本の、日陰の子であるようだ。

　ひと月前の「河内屋」の怪事件は、そもそもが山崎が持ち込んできた話であったから、その探索に関しては、当然のごとくに山崎も絡んでいた。

　いや、むしろ、山崎のほうが熱心であったといえる。

　ところが、事件の結末を蘭三郎のほうは知っているが、山崎のほうは存知もよらず、という状況になっている。

　おそらく山崎が自分を探していたのは、そのような事情からであろう、と類推して、蘭三郎は少しばかり鬱陶しい気分になった。

「そうですか、ではない。もう少し身を入れて、稽古に通ってこい。このままだと次の昇級は覚束《おぼつか》ないぞ」

　兄弟子《でし》風を吹かせて、たしか黒岩《くろいわ》とかいった面皰面《にきびづら》が肩をいからせる。

　そういえば、竹中道場へは七日ぶりだったか、八日ぶりだったか……。

「いや、何やかやと野暮用《やぼよう》がありましたもんで」

蘭三郎としては、正直に答えたつもりである。

「そうか。来月からは格付銓衡《かくづけせんこう》がはじまる。一層励めよ」

竹中道場では年に二回、三月と九月に〈格付銓衡〉というのがあって、その結果で昇級なり昇段が決まるのであった。

「はい」

素直に答えたあと、

「ところで、きょうは坂崎善太郎《さかざきぜんたろう》はきておりますか」

蘭三郎は、逆に尋ねた。

「おう。坂崎ならきておる。おまえとちがって、実に熱心だ。おまえより半年も遅く入ってきたが、とっくに追いつかれておるぞ」

「いや、面目《めんぼく》ねえ」

つい、八丁堀《はっちょうぼり》ふうの地《じ》が出たが、黒岩は、

「とにかく励め」

蘭三郎を解放した。

さっそく蘭三郎は、坂崎善太郎を探しはじめた。

蘭三郎と同い歳の坂崎善太郎は、いわゆる規矩《きく》の人であった。

几帳面《きちょうめん》を通り越している気もする。

黒岩もいったが、まさに稽古に熱心であった。

というより、まるで判子《はんこ》で捺《お》したようなところがあった。

これは山崎弥太郎が気づいたことなのだが――。

――おい。あの坂崎とかいう坊主、時鐘《じしょう》のような男だな。雨が降ろうと雪が降ろうと、必ず奇数の日に、八ツ（午後二時）の鐘と同時に道場に入ってきて、七ツ（午後四時）の鐘で戻っていくぞ。

いわれてみると、そのとおりなのであった。

実のところ蘭三郎が、きょう竹中道場に顔を出したのは、稽古のためではなかった。十三日の奇数の日、八ツ過ぎに、ここへくれば、必ずや坂崎と出会えるはずだと踏んでのことであった。

尋ねたいことがある。

これまで趣味らしい趣味とて持たずにきた蘭三郎であったが、なにゆえか、幼いころから夜空の星を眺めるのを好んだ。

そしていつしか、天文学、というものに興味を持った。

といって、正式に天文学について学ぼうとしたことはない。

いや、そんな機会もなかった。

だが、いつだったか、暇つぶしに家に置かれていた暦を隅から隅まで読んでいて気づいたことがある。

太陽の蝕甚《しょくじん》、月の蝕甚が、何月の何日にあるか、ということが記されていたのである。

現代でいえば、日食や月食のことであった。

以来、年の暮れになると、通油町《とおりあぶらちょう》の暦開版所《こよみかいはんしょ》で摺り上がったばかりの暦が、書肆《しょし》に並ぶのを待ちかねたように買い求めてきては、蘭三郎は日月の蝕甚日をたしかめるようになった。

そうやって、おおおさ観測を怠らない蘭三郎であったが、あいにくの曇り空で観ることのできない日もあれば、晴れてはいるが、はずれることもあった。

今年の二月には、深更の七ツ半（午後五時）近くになって、月蝕《がっしょく》がはじまり、ついには月影が消え失せた。

つまりは蘭三郎が初めて見た皆既《かいき》月食であったのだが、残念ながら、夜明け前には西空へ月の入りをしてしまって、元へと戻っていくはずの月までは拝むことができなかった。

それでも、蘭三郎には大きな昂奮が残った。

そのときの月は十六夜《いざよい》のもので、ほぼ満月に近かったのだけれど、今度のは正真正銘の満月の日で、しかも仲秋の名月ともなれば、このような機会に二度と恵まれるかどうか――。

もっとも暦によれば、蝕甚は凡《およ》そ四分《ぶ》と書かれていたから部分月食でしかないが、うまくすれば、蝕甚がはじまり、また満月に戻っていく過程が、つぶさに観察できるのではないか、と蘭三郎は楽しみにしている。

（いた！）

道場の見所《けんぞ》から近い片隅で、兄弟子と組手《くみて》をしている坂崎を見いだした。

（ふむ……）

蘭三郎は坂崎から視線をはずし、道場の隅の壁ぎわに座った。

なにしろ坂崎は規矩の人である。

ある程度の稽古をこなしたのちに、休息をとる場所も、判子で捺したように決まっている。

蘭三郎が腰を下ろしたのは、そのような位置であった。

3

右の腕《かいな》で額の汗を拭いながら、坂崎がやってきた。

「やあ」

蘭三郎のほうから、明るく声をかけた。

「おう」

坂崎も声を返しながら、蘭三郎の横に腰を下ろした。

坂崎善太郎は、浅草天文台の天文方《てんもんかた》改役《あらためやく》の倅で、天文台の塀の内に暮らしている。

蘭三郎は一度、天文台の見学を坂崎に頼んだことがあるが、にべもなく断わられたことがある。

蘭三郎と同い歳の十四歳。

無口で無愛想な男だが、特に仲が悪いということはない。

「ちょいと、教えてもらいてぇことがあるんだがな」

砕けた口調で蘭三郎がいうと、

「なんだ？」

と、返事が返ってきた。

「実は、あさっての月蝕のことだ」

「ほう」

坂崎が、薄い唇を歪めるようにして笑った。

「まず尋ねたいのは、月の出の時刻と方向だが、知っておるか」

「もちろん」

坂崎は、やや肩をそびやかすようにして答えた。

「月の出は、およそ六ツ（午後六時）どきで、月が出る方向は、ほぼ卯《う》から、入りの方向は酉《とり》の方向だ」

「そうなのか」

つまり、ほとんど真東の方向から出て、真西へ沈むことになる。

（ならば……）

と、蘭三郎は考える。

霊岸島《れいがんじま》・長崎町《ながさきちよう》にある自宅は、辰《たつ》（南東東）の方向に向いているから、自宅二階の窓から月の出を眺めることができる。

また、西の方向は物干台《ものほしだい》から観ることができた。

「蝕甚のはじまる時分はいいのか」

坂崎がいった。

「え、分かるのか」

「なにしろ天文台に住まっておるからな。親父たちの計算によると、欠けはじめるのが亥《い》の刻《こく》のとっかかりの四ツ（午後十時）過ぎからで、元へと戻るのが九ツ（午前零時）過ぎだろう、とのことだ」

「いや、さすがだ。ありがてぇ、助かるよ。暦によれば四分の蝕とあったが、そうなのだろうか」

蘭三郎はさらに、突っ込んで尋ねた。

「さあてね。親父たちの計算だと、せいぜいが三分あたりらしい。だいたいに、今の暦は、出来が悪くてアテにしないほうがいい。昔の貞享暦《じょうきょうれき》のほうが、よほど正確だったそうだよ」

「へえ、そんなことがあるのか。たしか今のは宝暦暦《ほうりゃくれき》だったよな」

昔の暦のほうが正確だったなど、初耳であるし、常識的にはあり得ないことだ。

「そういうことらしい。なんでも政治的な圧力かなんかで、暦法を土御門《つちみかど》家が主導権を奪ってできたのが今の暦だ。正式には宝暦甲戌元暦《ほうりゃくこうじゅつげんれき》、略して宝暦暦というんだが……」

珍しく、坂崎善太郎の声に熱が入っていた。

だいたいに、坂崎がこれほど多弁とは知らなかったことである。

「なんでも、宝暦暦ができて十年もたたないうちに、日蝕をはずしてしまったものだから、その欠陥が露《あら》わになって、幕府が補暦《ほれき》御用を命じ、修正を施したのが現在の暦だ。それでも、まだまだ、もうひとつなんだそうだ。相変わらず、しょっちゅうはずれる」

「なるほどなあ」

暦には記載されているのに、日蝕や月蝕が空振りに終わった例なら、蘭三郎自身が経験している。

それにしても、この坂崎、門前の小僧ではないけれど、さすがにくわしい。

もっとも、将来は父親の跡を継いで、天文方改役を世襲するべく、天文学の学習にいそしんでいるようだ。

（ふうむ……）

改めてのように、蘭三郎は忸怩《じくじ》たる思いに駆られた。

あの口の悪い山崎弥太郎からも、蘭三郎は世間知らず、といわれたことがある。そのときは、〈なにを……〉と思ったものだが、はたしてそのとおりであることを思い知らされた。

見かけによらず山崎は博学で、蘭三郎が思いもしなかった、さまざまなことを知っていた。

その山崎は、音羽町《おとわちょう》で音羽先生と呼ばれる本多利明《ほんだとしあき》の音羽塾に通っていて、そのような知識を、そこで得ているようだ。

本多利明は、天文学者であり数学者であり、また経世家《けいせいか》（経済思想家）で、その塾には全国各地からさまざまな客が訪れては、談論風発という気風に溢れていた。

山崎弥太郎の豊富な知識の元が、その音羽塾で培《つちか》われたものらしいと知って、蘭三郎自身も、つい先日に入門を果たしたところである。

なにより天文学、というのにも惹かれはしたが、この竹中道場で蘭三郎が憧れている青島俊蔵もまた、足繁く音羽塾に通う門人の一人であったことも入門動機のひとつであったかもしれない。

「やあ、やあ、ようやくに、とっつかまえたぞ」

突然、目前に近づいてきた人影が声を発した。

ほかならぬ、山崎弥太郎であった。

「では、ごめん」

と——。

やにわに坂崎が立ち上がった。

どうやら坂崎にとって、山崎は苦手な存在であるようだ。

4

結局のところ蘭三郎は、竹中道場で稽古をすることもなく、半ば強引に山崎弥太郎に連れ出された。

向かった先は、富沢町《とみざわちょう》の［大八蕎麦《だいはちそば》］という屋号の蕎麦屋である。

「天麩羅《てんぷら》蕎麦、二丁！」

蘭三郎の都合も聞かず、山崎は勝手に注文をすませるなり——。

「で、どういうことになっておるんだ」

詰問するような口調でいう。

「どういうこったぁ、とは、どういうことだ」

山崎が尋ねたい事柄は分かっておりながら、蘭三郎はすっ、と、ぼ、け、た。いささか強引に過ぎる山崎へのしっぺ返しだ。

「ほう!」

声色を高くして山崎は吊り目を、さらに吊り上げて、

「おまえも、ずいぶんと強気に出るもんだ。なるほど、これまで友らしい友もできなかったわけだ。つい、この間までは、蕎麦屋に入ったこともない世間知らずだったのになあ」

それをいわれると、蘭三郎は弱い。

蕎麦を出前で食ったことはあるが、ついひと月前まで蘭三郎は、一度として蕎麦屋に入ったことがなかった。

それが山崎に誘われ、十四歳にして初めて入った蕎麦屋が、この[大八蕎麦]であったのだ。

それで、天麩羅蕎麦の真《まこと》の旨さは、蕎麦屋でしか味わえぬことも知ったのである。

いずれにしても、このままでは喧嘩になりそうだ、との理性が蘭三郎には働いた。

思えば山崎に喝破《かっぱ》されたように、蘭三郎には、これまで友らしい友ができなかった。

やや粘っこい交流は、山崎が最初なのだ。

「ちぃと虫の居所が悪かっただけだ。このままだと、売り言葉に買い言葉になっちまいそうだ」

「ふむ……」

山崎の顔から険《けわ》しさが消えた。

「河内屋の件かい」

蘭三郎は折れて見せた。

「それだ。河内屋のとこの養子が首を吊ったろう」

山崎の居宅は〔河内屋〕から近い。

耳に入らぬわけがなかった。

なにより、〔河内屋〕の養子が怪しい、と最初にいい出したのも山崎であったのだ。

「ふん」

蘭三郎は、うなずいた。

「ということは、やはり俺が睨んだとおり、養子の清太郎《せいたろう》が下手人だった、ということだろう」

「そのようだな」

「やっぱり、帆柱の親分から聞いていたんだな。それゆえ、そこらあたりの事情をだな、おぬしに尋ねようと思っておったのに、一向に道場に姿を現わさぬゆえ、痺《しび》れを切らして横山町《よこやまちょう》を訪ねた」

世間では、岡っ引きの喜平のことを、帆柱の喜平、あるいは帆柱の親分と呼ぶ。

隠居して今は伜に店を継がせているが、帆柱丸《がん》で知られる米沢町《よねざわちょう》の、四目屋忠兵衛《よつめやちゅうべえ》であったのが二つ名の由来だ。

隠居先は横山町、つまり山崎は、喜平親分のところに押しかけたようだ。

「おいおい」

蘭三郎が眉をしかめると――。

「おぬしと連絡がとれんのだから仕方がないではないか。しかしだな、これが一向に要領を得ん。遺書には、河内屋を番頭に譲るとあったという以外は、なにも書かれていなかったけれど、首をくくるからには、やはり養子の清太郎が主殺しの下手人であったのだろう、と答えるばかりで、立場上、くわしいことは話せないと肘鉄砲《ひじてっぽう》だ。しかしまあ、おぬしなら、帆柱の親分からなにか聞いているはずだ、と踏んでおったのだ」

「ううむ……」

どこまでを話せばよかろうか、と蘭三郎が悩みはじめたところに、天麩羅蕎麦が運ばれてきた。

これ幸いと——。

「とにかくは、こいつを食ってからにしよう。それでいいか」

「よし、分かった」

うなずいて引裂箸《ひきさきばし》（割箸）に、山崎が手を伸ばした。

（それにしても……）

蘭三郎も引裂箸を割りながら思う。

これまで蘭三郎を、おまえ、としか呼ばなかった山崎がきょうは突然に、おぬし、と呼び方を変えたのがおかしい。

一応は、気を遣ったようだ。

そのことに免じて、養子のはずの清太郎が、実は殺された主の実子だった、とまでは教えられないが、ある程度までは話さなければなるまいな。

特に、蔵に閉じこめたはずの下手人が、忽然と消えたからくりにまで踏み込まなければ、おそらく山崎は納得するまい、などと考えている。

「ところでな」

熱い出汁《だし》をふうふうと吹き、ずるずるっと蕎麦をたぐり込んだのち山崎が、

「そもそもが、おぬしの塒《ねぐら》がどこなのか、俺は知らない」

いって、再び蕎麦をたぐり込む。

「帆柱の親分にも尋ねたが、おぬしに断わりもなく教えられぬ、と木で鼻をくるようなことをぬかす」

山崎の吊り目が、やや上目づかいになって——。

「いっちゃ、なんだが、俺はおぬしを我が住まいに誘《いざな》ったぞ」

誘ったというより、無理に連れていかれたようなものだが、その居宅には若党やら腰元までがいて蘭三郎は面食らったものだ。

「なにも……」

天麩羅をかじったのち、蘭三郎は返した。

「我が家の在処《ありか》を隠したつもりはない。聞かれもしないからいわなかったまでのことだ」

「そりゃそうだ。しかし今回ばかりは不公平を感じた。こちらから連絡の取りようがなかったからな」

「そうか。我が家は霊岸島の長崎町二丁目の裏通《うらつう》だ。〈十軒《じっけん》長屋〉と呼ばれているうちの一軒だ。近所で俺の名を出してくれれば、たいがいは分かる」

たしかに棟続きの長屋ではあるが、いわゆる裏長屋ではない。

とにかく、住まいの場所だけは教えておいた。

さて、天麩羅蕎麦を食い終わったのち蘭三郎は、［河内屋］の主と養子の清太郎が実の父子であった、というところだけは抜いて事件の顚末を語り、下手人の清太郎が、いかにして蔵から忽然と消えたかのからくりも説明した。

「なるほど、そういうことであったのか。いや、これで俺の胸のつかえも下りた」

山崎も、どうやら納得してくれたようだ。

5

霊岸島で十軒長屋と呼ばれる蘭三郎の生家は、たしかに長屋にはちがいはないが、いわゆる九尺二間の割り長屋や棟割り長屋とは、大いに趣《おもむき》を異《こと》にしている。

裏通りながら表店《おもてだな》だし、間口は三間、奥行が四間、都合、建坪が十二坪というのは、江戸庶民の大部分が暮らす九尺二間の裏長屋の四倍の広さだ。

おまけに二階屋があって、二階八畳間の西側には物干台もついている。

隣家と接する壁も、共有ではない別仕立てになっているので、貧乏長屋のように隣りの声が筒抜けということはない。

かたちだけは割り長屋の構造ではあるが、こぢんまりした一軒家に比べても忖度《そんたく》はない高級長屋で、一軒、一軒が買い取り物件だから、大家というものもいない。

井戸も戸別だし、雪隠《せっちん》も戸別でついていた。

それゆえ、この長屋の住人は、ほとんどが家持《いえもち》の扱いであるが、なかには店借《たなが》りのひとも、いるにはいた。

そんなのが十軒、ずらりと並んでいて、隣り合わせの壁が別仕立てということもあって、この割り長屋の総長さは、ほぼ三十三間（約六〇メートル）にも及ぶ。

元もとが、この長屋を建てた元の地主は、富岡《とみがおか》八幡宮東にある三十三間堂を意識したらしく、〈三十三間長屋〉と銘打って売り出したものだそうだが、ちょうど十軒あったから、長ったらしいのを嫌う江戸では、いつしか〈十軒長屋〉と言いならわされるようになったそうな。

現代の住居表示だと、中央区の新川《しんかわ》一丁目の五番地あたりだ。

現代では跡形もないが、江戸のころ、霊岸島を南北に分断するように流れる堀川を新川《しんかわ》と呼んだから、その名残《なごり》が今も残っている。

それはともかく、ゴーン……、ゴン、ゴーンと、七ツ（午後四時）を報らせる捨て鐘が三つ届きはじめたころ——。

　がらり。

　と、一軒の腰高障子が開いた。

　顔を覗かせたのは年増《としま》ながら容子《ようす》のいい女で、衣紋《えもん》を抜いた錆御納戸《さびおなんど》色の石目小紋《いしめこもん》に、褐返《かちかえし》の夏帯が、しっとり落ち着いた佇《たたず》まいを感じさせる。

「じゃあ、出かけてくるよ」

　女が振り返って入り口の内側に声をかけると、

「気をつけていってらっしゃいまし」

　少女の声が、答えた。

　女が腰高障子を閉めようとした手を、ふと止め、再び内部に声をかけた。

「そうそう。悪いが蘭三郎には、きょうの夕食を、ちょいと早めに支度をしてやっておくれ」

「分かってますよ。坊ちゃんからも、何度も念を入れられておりますから」

「そうかい。じゃあ頼んだよ」

　今度こそ腰高障子を閉めて、女は歩きはじめた。

　名をおりょうといって、蘭三郎の母親であった。

おりょうを送り出した少女は、おふでという十二歳になる小女《こおんな》であった。

おりょうは、中洲新地《なかすしんち》で［卯《う》の花］という小料理屋を営んでいる。

きょうは八月十五日、仲秋の名月の日であった。

だいたいに江戸の商店のほとんどは、毎月一日、十五日、二十八日が定休日と決まっているが、だからこそ小料理屋にとっては、その日が書き入れ日となる。

それで［卯の花］の定休日は、一日ずらした二日、十六日、二十九日になっている。

［卯の花］には雇員の板前夫婦が住み込んでいて、ちょうど今時分には店を開ける。

この長崎町から［卯の花］までは、わずかに十三町（一町は約一〇九メートル）ばかりなので、女の足でゆっくりと歩いても小半刻（三十分）とは、かからない距離であった。


七ツ（午後四時～午後五時）も半ばを過ぎたころ、蘭三郎は階段を下りた。

二階の八畳間を蘭三郎は、まるまる自分の部屋として使っている。

きょうは、どこへも出かけず、ずっと家にいて読書で過ごした。

というのも江戸の商店の定休日は、先ほども書いたとおりだが、手習い師匠とか、寺子屋などでは〈三日《さんじつ》の休《きゅう》〉といって毎月、一日、十五日、二十五日が休みで、商店とは微妙に異なる。

この三日の休にならって、儒学所などの塾や剣術や柔術などの道場もまた、ほとんどが休みだった。

蘭三郎が通っている武道場は、芝愛宕下の長沼道場に久松町の竹中道場で、そのいずれもが休みだった。

また学問のほうでは、亀島《かめしま》河岸東端にある儒学所と、つい近ごろに入門したての音羽塾がある。

儒学所も、きょうは休みだが、音羽一丁目にある音羽塾のほうは年中無休で、気の向いたときに通えばいいという、なんとも身軽な塾であった。

もっとも蘭三郎は、河井東山《かわいとうざん》の儒学所のほうには、近々に休講届けを出す心づもりだ。

そんなわけで、他出《たしゅつ》をせずともなんの痛痒《つうよう》もなかったわけだが、きょうのお江戸は二日前とは打ってかわった好天気であった。

それで、ひたすら月の出を待ちわびているのである。

「母上は出かけられたか」

一階に下り、二歳年下のおふでに声をかけると、

「はい。いつもどおりに」

おふでが答え、

「夕食の支度なら、できてますよ」

いいながら、台所に近い四畳半の間《ま》に向かった。

蘭三郎がおりょうを〈母上〉と呼ぶのは、幼いころから、そう躾《しつけ》られたからだ。

くわしい事情は、元服したのちにと聞かされてはいないが、おりょうは元もとが武家の出で、本来の名は内田涼《うちだりょう》というのだ、とだけは聞かされている。

表部屋から、普段は食事場所となり、夜はおふでの寝所ともなる四畳半に向かうと、すでに一人膳《ひとりぜん》の上には菜が並べられ、傍らにはお櫃《ひつ》が準備されていた。

台所では、おふでが汁を温め直している。

この三月のこと――。

八丁堀、地蔵橋近くにある父の同心組屋敷を帆柱の喜平おじさんが訪ねてきて、蘭三郎は、わずかに八ヶ月で、この生家へと戻った。

そのとき、おふでがいて、蘭三郎は大いに面食らったものだ。

蘭三郎が八丁堀の本宅に移ったのち、母が中洲新地に小料理屋を開いたことくらいは知っていたが、留守番などのため、小女を雇っていたとは知らなかったからだ。

聞けば、おふでを小女として世話したのも、喜平だったそうだ。

そのころ、おふでの作る菜は、お世辞にもうまい、といえるものではなかった。

ところが、そののち、めきめきと腕を上げている。

午後にときどき開店前の［卯の花］に通っては、板前から料理を仕込む、という努力のあとだ。

おふでが、湯気が立ちのぼる汁椀を一人膳に運んできた。

それから、お櫃の蓋を開けて、飯茶碗によそいながらいう。

「なんなら夜食用に、握り飯でも作っておきましょうか」

「おう、気が利くではないか。ぜひにも頼む」

蘭三郎は、にっこり笑って箸を取った。

最上刑部宿《もがみぎょうぶしゅく》

1

暮れ六ツ（午後六時）の鐘が鳴ったころ、空の色は鉄紺色から、ほとんど漆黒《しっこく》に変わりつつあった。

日没から小半刻（三十分）のちが、暮れ六ツと定められているのだから、これは年中を通して変わることはない。

（さて……）

そろそろだぞ、と蘭三郎は東の空を眺めるが、まだ月の姿は見えない。

たとえ出ていたとしても、まだ長崎町二丁目に建ち並ぶ大店、小店に隠れているだろうから、これは致し方がない。

理屈では、そうと分かってはいるが――。

今や遅し……と待っているときに限って、時刻がなかなか過ぎていかない、と感じるのが人の心理というもので、蘭三郎は少しばかり焦《じ》れた。

そこで窓際を立つと、反対側の物干し台に移って西空をたしかめた。

この時節、西空低くに夕星《ゆうずつ》が現われる。

現代でいう宵《よい》の明星《みょうじょう》のことで、ちょうど暮れ六ツごろに、ひときわ明るく輝く星――すなわち金星だ。

（ふむ）

間違いなく夕星を認めて、少し蘭三郎の心は落ち着いた。

満月が姿を見せたのは、それから少しのちのことである。

（…………）

坂崎善太郎によれば、月が欠けはじめるのが――。

（たしか、四ツ（午後十時）過ぎであったな……）

ということは、まだ二刻（四時間）ほども間があることになる。

その間、ひたすら月を眺め続けるわけにもいかない。

そこで蘭三郎は窓際近くに行燈を引き寄せて、昼間の読書の続きをやりながら、ちらちらと月影《つきかげ》をたしかめることにした。

読み進めている本は、音羽塾の音羽先生に勧められ貸してもらったものだ。甘藷《かんしょ》先生で知られる青木昆陽《あおきこんよう》が著わした『経済纂要《さんよう》』である。

余計なことながら、書名の経済は現代でいうところとは少しばかりちがい、経世済《けいせいさい》民《みん》、すなわち〈世を経《おさ》め、民を済《すく》う〉の意味を持つ。

やがて五ツ（午後八時）の鐘も鳴り、まん丸な月影はずいぶんと位置が高まったが、まだ一向に蝕ははじまらない。

（あと一刻ばかりか……）

再び書を繰りはじめて、およそ半刻――。

（おや……！）

思わず蘭三郎は天井を見上げた。

ミシリ。

なにやら、そんな音が聞こえた。

（気のせいか）

いや、再び、ミシリ、と音がした。

（はて……？）

天井裏をネズミが走りまわる音なら、ときどきは聞く。

それにしては、いささか様子がちがう。

また、そんなネズミを追って、明かり取りの天窓から潜り込んだ猫が走ることもある。

にゃあ。

どこからか、猫の声が届いてきた。

屋根から、月見としゃれこむ猫がいるのかもしれない。

ということは、屋根裏を散歩中の猫でもあろうか。

(よほどに太った猫らしい)

蘭三郎は、そんなことを思いながら耳を澄ませていたが、やがて天井裏の物音は消えた。

そうこうするうちに、四ツ(午後十時)の時鐘が鳴った。

(いよいよだぞ)

書を閉じた蘭三郎は、膝行《しっこう》して窓の正面に居座った。

ただ、ひたすらに満月を凝視する。

月光には不思議な力があって、じいっと見つめていると、なにかしらが体内から奪われていくような心地を覚える。

だが、一心不乱に月を眺めた。

「おおっ！」

蘭三郎の唇が我知らず動いて、小さく声が出た。

目をこすって、さらにたしかめる。

(間違いない)

満月の左下から、蝕がはじまりかけていた。

2

翌朝のこと——。

山崎弥太郎は朝食もそこそこに、新和泉町南側と北側を分ける横丁にある橘稲荷《たちばないなり》横の居宅を出た。

どうにも腑《ふ》に落ちかねること、があった。

居宅のあたりは元吉原花街の旧地で、すぐ南を東西に貫く露地めいた通りは玄冶店《げんやだな》と俗称されて、裕福な商家の隠居や妾、三味《しゃみ》や常磐津《ときわず》の師匠などが多く住むところだ。

そういう弥太郎の居宅とて、武家の居宅とはほど遠い、小粋な網代木戸《あじろ》があった。

その玄冶店の通りを東に抜け、突き当たりを鍵型に曲がって堺町《さかいちょう》横丁、堀江《ほりえ》六軒町《ろっけんちょう》と通過して東堀留川《ひがしほりどめがわ》べりに出た弥太郎は、川沿いに下って小網町《こあみちょう》へと足を進めた。

弥太郎には、自分でも認めざるを得ない大きな欠点が二つあった。

ひとつは、いわゆるおのれの〈口の悪さ〉で、ついつい思ったことが濾過《ろか》されることなく、口をついて出る。

ために、ついた渾名《あだな》が〈毒口弥太《どくぐちやた》〉で、友らしい友が一人もできなかった。

残るひとつは、飽くことを知らない好奇心で、食指《しょくし》が動くと、もう自分でもどうしようもないほどに、気になって気になって仕方がなくなってしまうのだ。

今、弥太郎の心を占めているのは、ついひと月ほど前に起こった、近所の小間物問屋［河内屋］で起こった事件のことである。

事件は、［河内屋］の土蔵の中で主人の弥兵衛が賊と出くわし、腹を刺されたというものであった。

弥兵衛は、からくも賊から逃れ、土蔵から出たのち使用人たちを呼び、土蔵の漆喰《しっくい》扉を外から閉じさせた。

つまり賊を土蔵に閉じこめた。

そののち、駆けつけてきた岡っ引きと子分が賊を捕らえるべく土蔵に入ったところ、賊は煙のごとくに消え失せていた、という怪事件であった。

土蔵の金箱から五十両の金が盗まれ、翌日には弥兵衛が命を落とした。

どのようなからくりがあったかまでは見当もつかないが、その賊は事件当時、たまたま商用で旅に出ていたという［河内屋］の養子の清太郎ではないか、と弥太郎は類推した。

はたして推量どおり、やがて清太郎が首をくくって果てた。

ということは、調べに追いつめられた挙句《あげく》の自害で、やはり清太郎が犯人であったにちがいなかろうが、弥太郎には、ことのくわしい経緯がまるで分からない。

だが、事件を受け持った北町奉行所の同心が、柔術道場で同門の鈴鹿蘭三郎の父親であること――。

さらには事件の探索にあたった喜平親分が、蘭三郎とは昵懇《じっこん》の間柄であること、などを勘案すれば、ことのなりゆきの詳細を蘭三郎ならば知っているはずだ、と考えた。

それで、三日前、やっとこさ蘭三郎をつかまえ、事情を尋ねたところ、清太郎の遺書に自白の文言《もんごん》はなかったが、やはり清太郎が犯人であったようだ、と教えられた。

では、清太郎が閉じこめられた土蔵から、いかに煙のごとく消え去ったかのからくりについては――。

――うん。実はな。

蘭三郎が語ったところによれば、［河内屋］にはすずという小女がいて、事件当日、最初に蔵の異変に気づいたそうだ。

すずは、ちょうど［河内屋］の主人が腹を押さえながら土蔵から戸前《とさき》へ、まろび出てくる様子を目撃していた。

動転しながらも小女は、番頭たちを呼びに店内に駆け込もうとしたその背後から、

――逃げろ。逃げるんだ、早く。あとのことはわしにまかせろ。

小女を気遣うような主人の弥兵衛の声を聞いた。

――ところがな。

と、蘭三郎は続けた。

――こいつぁ、みんなが思ったように、小女を気遣ったことばじゃあ、なかったってことさ。つまるところ、土蔵の中の賊に、早く逃げろといったのさ。

――え、そりゃあ、いったい……ふむ。どういうことだ。

と、弥太郎は大きく首を傾げたものだ。

――つまりは、こうだ。弥兵衛は賊が、旅に出ているはずの養子の清太郎と気づい

ていた。いくら養子とはいえ、信用第一のお店《たな》で、間違っても養子が盗みに入り、義理の父親に刃傷《にんじょう》に及んだなど、とても世間に知られたくない、と考えたんだろう。

——ふうむ。すると盗みに入った清太郎のほうも、弥兵衛の意図を察して、とっとと逃げ出したということか。

——そう。土蔵のすぐ近くには裏木戸があって、そこから外に逃げ出せる。小女の注進で番頭やら手代やらが土蔵前に駆けつけたのは、そのあとだったということになる。

——なるほど。聞いてみれば、からくりともいえぬ、あっけない仕儀だなあ。

——そんなものさ。おまけに弥兵衛は賊の特徴を雲をつくような大男だった、と、まるきり清太郎とは正反対のことを告げた。そのことからしても、弥兵衛は、間違えても養子の清太郎に疑いの目が向けられることがないように計らったのだろうよ。

——ふうむ、なるほどなあ。

——まあ、弥兵衛の間違いといえば、自分が受けた腹の傷が、命取りになるような深手であったとは気づいていなかったってあたりであろうかなあ。

弥兵衛が死んで真相は闇のなか、となるはずが、帆柱の喜平親分は、弥兵衛が発した「あとのことはまかせて早く逃げろ」とのことばを、遅まきながら小女にかけたことばではないようだ、と気づいて清太郎に疑いの目を向けた。

それで追いつめられた清太郎が、首をくくって自裁した。

そう説明した蘭三郎に、弥太郎は大いに納得し、ようやくに胸のつかえが下りた気になった。

ところが、である。

その夜のうちに、ふと違和感を感じはじめた。

まず第一は、いくら店の体面を守るためといっても、弥兵衛が血も繋がっていない養子の清太郎を、はたして庇《かば》っただろうか。

この恩知らずめが、と立腹するのが人情であろう。

その点が、どうにも腑に落ちない。

第二が、清太郎の自死だ。

喜平親分の追及に追いつめられた結果だろう、と蘭三郎は説明したが、ここにも腑に落ちない点がある。

肝腎の弥兵衛は死んでいる。

となると、死人に口なしというやつで、ことの真相を知るのは清太郎ただ一人、ならば知らぬ存ぜぬを通せば、確証はない。

なのに清太郎は、あっさり首をくくった。

そして遺書には、自死の理由はなにもなく、[河内屋]は番頭に譲る、とだけが書かれていた。

そして遺書のとおりに、[河内屋]の身代は番頭が引き継ぎ、その後も変わりなく営業が続けられている。

つまり、公的には清太郎が犯人と決まったわけではない。

もし清太郎が犯人と断定されたなら、[河内屋]には闕所《けっしょ》の処分が下されたはずである。

結局のところ、おそらく清太郎が犯人であっただろう、と推量されただけで、だが確証もなく、それゆえ事件はうやむやのうちに幕が下ろされたかたちだ。

というふうに考えていくと、あの怪事件の裏には、まだなにかが隠されているようだ。

蘭三郎は、肝腎なことを俺に隠しているのではないか。

弥太郎の思考は、そのように進んでいって、だんだんに膨らみ――。

(こりゃ、もう少し蘭三郎を突っついてみよう)

と、思うに至った。

できれば昨日のうちにも蘭三郎を訪ねたかったが、昨夕は仲秋の名月で、神田明神の茶屋座敷が押さえられ、一家で月見の約束があった。

昨日の満月は月蝕があると聞いてはいたが、五ツ半（午後九時）ごろには茶屋を出たため、弥太郎たちは、例年どおりの満月しか見ていない。

それはともかく弥太郎は、これから蘭三郎の自宅に押しかけるところであった。

ところで――。

昨夜は一家で月見と書いたが、山崎弥太郎の一家というのは、ちょいと普通ではない。

というより、複雑怪奇だ。

一口でいえば、弥太郎は妾の子であった。

3

弥太郎の実父は赤井忠晶《あかいただあきら》という知行千四百石の旗本で、現在は勘定奉行という幕閣の要職にある。

その実父が、まだ小十人頭《こじゅうにんがしら》であったころ、家臣である山崎源左衛門《やまざきげんざえもん》の娘の千代《ちよ》に手をつけた。

そうして弥太郎は、この世に生を受けたのだ。

しかしながら裏六番町、善国寺坂《ぜんこくじざか》通りにある赤井家旗本屋敷には、男児が三人もおり、さらには正妻は、異常なほどの悋気《りんき》持ちだった。

おまけに、忠晶には妻女に頭の上がらぬわけがあった。

というのも忠晶は、永らく小普請組（無役）の旗本であった。

忠晶は二十五歳のとき、縁あって妻を娶った。

しかしその妻は一女だけを忘れ形見に、わずかに七年ばかりで病没した。

そんな折、忠晶のもとに再び縁談が持ち込まれた。

今度は大身旗本の出戻りで、離縁の理由は五年たって子ができぬこと、とは仲人口《なこうどぐち》の説明だったが、忠晶にとっては、喉から手が出るほどの好条件がくっついていた。

縁談相手の父親は、幕閣に力を持ち、無事にこの縁談が整えば、必ずや忠晶に役職を与えるというのである。

それで、忠晶は決断した。

名を艶《つや》といった。

だが、これがとんだ恐妻であった。

先妻亡きあと、忠晶は奥女中の一人を側女《そばめ》にしていたが、艶は断乎として、これを追い出してしまった。

仲人の話では、後妻の艶が前夫から離縁されたのは、嫁いで五年たっても子ができなかった、との説明であったが、忠晶との間には三人もの男児が誕生した。

要は、艶が先に嫁いだ相手が種なしであった、ということだろうが、艶が離縁されたのには、それ以外にも理由があったのではないか、と、のちのち忠晶は思うようになった。

それが、凄まじいほどの艶の悋気である。

それほどに艶の嫉妬心は強烈であった。

側女などは、決して許さない。

どころではない。

つい忠晶が奥女中の一人と、親しげに会話を交わしているところを見聞きするや、気がついたときには、その奥女中は屋敷から消え去っている。

艶が暇《いとま》を出して、里に戻してしまうのだ。

だが艶の実家の政治力は本物で、忠晶は三十八歳にして小普請組を脱して、小十人頭という、かなりの役職に就いていた。

さらには御先手組頭《おさきてぐみ》に昇進し、加役《かやく》として火付盗賊改方の頭となり、とうとう勘定奉行にまで昇りつめている。

それゆえ、艶には頭が上がらない。

側女を置けぬとなると、あとは悪所通いくらいしか息抜きをする場所はないが、忠晶としては、ただがむしゃらに頭を押さえ込んでくる艶への反発心もあった。

それで目をつけたのが、御長屋住まいの家臣の娘であった。

まだ小十人頭の職にあったころである。

いくら正妻といえども、本邸の奥以外、ましてや家臣たちが暮らす御長屋までは目が届かない。

そうして家臣である山崎源左衛門の娘に手をつけたが、その千代が懐妊した。

そこで忠晶は、急遽、玄冶店から近い一軒家に、若党と小女をつけて千代を移した。

そうして産まれたのが弥太郎である。

妻には内密に、忠晶は弥太郎誕生の届けを提出したうえで、まことにすみやかに、弥太郎を山崎源左衛門の養子にすることを届け出た。

ということは、千代と弥太郎は実の母子でありながら、戸籍のうえでは、姉弟ということになってしまうが、この時代では、格別に珍しいことではない。

そういった功績もあって、千代の父であり、弥太郎の養父ともなった山崎源左衛門は、赤井家の御用人に昇進している。

山崎弥太郎の一家を複雑怪奇と記したのは、そのようなわけだが、弥太郎自身は、そんなにくわしい事情を知っているわけではない。

単に妾の子、との認識があるだけであった。

それゆえ弥太郎が一家と呼ぶのは、母の千代に若党の高山《たかやま》、それから綾葉《あやは》と呼ぶ源氏名《げんじな》の腰元を加えた、同じ屋根の下で暮らす都合四人のことを意味している。

秋の空は抜けるように青く、鱗形の雲が帯になってたなびいていた。

浅間山の噴火で火山灰が降り、いつまでも空がどんよりしていた、この間までが嘘のようだ。

小網町のどん詰まりにある行徳河岸《ぎょうとくがし》から、箱崎川《はこざきがわ》を崩橋《くずればし》で渡れば、もうそこは霊岸島だ。

きのうは殺生を戒める意味での放生会《ほうじょうえ》で、橋袂では橋番などが、放し亀やらめそ鰻《うなぎ》（泥鰌《どじょう》くらいの大きさ）などを売る光景があちこちで見かけられたものだが、そんな風物も年に一度きりだ。

崩橋を渡りきった河岸道をまっすぐに進めば永代橋《えいたいばし》で、弥太郎は深川八幡宮の祭礼見物で、このあたりまでならきたことがある。

だが、さて蘭三郎が住まう長崎町二丁目というのが、どの方向になるのかは見当がつかない。

「ちと、ものを尋ねたいが……」

そこで通りがかりの植木職人らしき男に尋ねると、

「それなら、つい先の橋を渡って、まっつぐいくと、もう一本橋があらあ。そいつも渡って左に折れたあたりが長崎町よ」

弥太郎は素直に礼を述べ、教えられたとおりに湊《みなと》橋で霊岸島新堀を渡り、直進して一之橋《いちのはし》で新川を渡った。

(十軒長屋というたな)

渡り終えた河岸道を左に折れた弥太郎であったが——。

(ん……?)

思わず足を止めた。

ずっと前方には海が広がっているが、その道筋にはあるべきものがなかった。

江戸の町中なら、いたるところで見かける自身番所や木戸番もないし、木戸も見当たらない。

そういえば、霊岸島に入って、そういったものは見なかったし、自身番の屋根に立つ火の見の梯子《はしご》も、ついぞ目にはとまらなかった。

長崎町二丁目の自身番があるはずと思っていたのだが、大いにアテがはずれたのだ。

（なるほど）

霊岸島のお隣りは、町方与力や同心たちがぞろぞろと住む八丁堀で、その八丁堀には雲をつくような大きな火の見櫓《やぐら》が二つもある。

また大番屋をはじめ、いくつもの調べ番屋もあると聞く。

そのような特殊な土地《ところ》ゆえ、自身番や木戸番は必要がないということか。

弥太郎は勝手にそう推量して、再び足を進めた。

最初の小路《こうじ》を、ちょいと覗いて——。

（ん……？）

再び、足を止めた。

およそ一町半（約一五〇メートル）ばかりも先に、黒山の人だかりがある。

（なんだろう）

迷わず小路に入った。

（ふむ！）

裏通りのようだが、途中から、やたらに長い長屋が続いている。

長屋といっても、いわゆる裏長屋ではない表店で、それぞれの間口が三間ばかり……。

（ひょっとして）

これが、十軒長屋ではないのか。

弥太郎が、そんなことを思いはじめたころ、黒山の人だかりの喧噪も届いてくる。

野次馬らしい。

人だかりの後ろから背伸びしてみたが、一向に分からぬ。

「なにがあった」

野次馬の一人に声をかけると、

「無理心中だそうだぜ」

「ほう！」

そんな現場に行き合うのは、初めてだ。

むくむくと、持ち前の好奇心が湧き上がってくる。

「ちょいと通せ」

人だかりに割り込もうとしたが――。

「おい。押すんじゃあねえやい」

罵声が飛んでくる。

なにを、と出かかったせりふを、弥太郎はかろうじて飲み込んだ。

一応は武士の子息の風体《ふうてい》だが、まだ前髪もとれずに、脇差一本だけの身であった。

なにしろ、人垣は何重にも重なっている。

これでは、とても近寄れない。

あるいは野次馬の中に蘭三郎がいるかもしれない、と考えなおし、弥太郎は声を張り上げた。

「おい、鈴鹿！　鈴鹿蘭三郎はおらぬか」

だが返事はない。

といって、あきらめきれるものでない。

それで無理心中だと教えてくれた男に、

「無理心中というたが、どういった事情だ」

「そいつが、とんと分からねぇのよ。どうやら町方と、米三《こめさん》の親分さんが出張《でば》ってきているというが……」

「その、こめさんの親分というのは？」

「ここらが縄張《シマ》の岡っ引きでぇ」

そんな会話を交わしていると——。

「ごめんよ。ごめんよ。ちょいと通しておくれよ」

と声がして、人垣の間を縫うように少女が現われた。

十《とう》を少し越えたくらいの年ごろだ。

4

少女は、きょろきょろと眼を動かしながら言った。

「誰か、蘭三郎坊ちゃんのことを呼んだ？」

すると、それまで弥太郎と話していた男が、

「おう、おふでちゃん。それなら、こちらの前髪さんだぜ」

弥太郎に向けて顎をしゃくって見せた。

「あなたさまが……」

小首を傾げた、おふでと呼ばれた少女に、

「いかにも」

　弥太郎は胸を張り、

「蘭三郎とは竹中道場での同門で、山崎弥太郎と申す。まあ、友でもあるが……。ところでそなた、蘭三郎の存じ寄りの者か」

「存じ寄りとは、たいそうな……。というより、その家の小女です」

「そうであったか。ふむ……。実は蘭三郎に会いにきたのだが、たまたまこの騒ぎに行き当たってな。ところで、蘭三郎の住まいは、どこだ」

「すぐそこ……。ご案内しましょうか」

「おう、よろしくな」

　普段は、滅多、口の悪い弥太郎だが、相手が少女ともなると、どうも勝手がちがった。

　人垣を離れ、弥太郎がやってきた小路を引き返しながら、おふでがいう。

「でも、蘭三郎坊ちゃん、もう起きなさったかしら」

「なに。もう五ツ半（午前九時）も過ぎようというのに、あやつは、まだ寝ておるのか」

「いいえ。きょうは特別なの」

おふでが立ち止まって、早口でいった。

「きのうの十五夜のお月様が、欠けていくのを真夜中まで見ていたせいよ。朝ご飯を食べたあと、もう少し寝てくるといわれたの」

「ふうん。宵っ張りの朝寝坊という口か」

つい渋口《しぶくち》が出て、おふでの唇が尖った。

「おうちは、ここ。おかみさんに尋ねてくるから、ここで待ってて」

弥太郎は腰高障子と格子が組み合わさっている引きちがい戸を入ったところの土間で、しばらく待たされた。


蘭三郎は二階八畳の間《ま》の真ん中で、敷き布団も敷かず、袷衣《あわせ》をひっかぶるようにして、うたた寝をしていた。

「これ、蘭三郎」

母のおりょうに、肩口をゆすられて、うっすらと目を開き、

「あ、母上、なにか……」

少しばかり、寝惚け声を出した。

「おまえに客人《きゃくじん》です」

「竹中道場で御同門の、山崎弥太郎と名乗られております」

「は？　客人？」

「え、山崎がですか」

どういうことだ、と蘭三郎は訝った。

「それにしても、おまえのもとに朋友が訪ねてくるなど、初めてのことですね。なかなかしっかりした挨拶をなされましたよ。母は、少し安心しました」

いかにも、安堵したような表情になっている。

「はあ、実は、以前に山崎宅に誘われ、少しばかりもてなしを受けたことがございます。それから、最近通い出した音羽塾を紹介してくれたのも、その山崎です」

「そうでしたか。とりあえずは下で、茶など出しておきましたが、どうしますか」

「じゃあ、こちらへ上げてください」

普段は、八丁堀ふうの物言いをする蘭三郎だが母の前では、ことばづかいを改める。幼児のころより、そのように躾られてきたのだ。

「そうなの。じゃあ、のちほどおふでに茶菓でも運ばせましょう。ほれ、きちんと片づけて、身支度を整えなさい」

いって、蘭三郎の母は階段に消えた。

蘭三郎は、腹に掛けていた袷衣と箱枕を一緒に隅の物入れに放り込み、襟元を整えたのち、階段に向かった。

「よう、蘭三郎。さっそく押しかけてきたぞ」

折しも、階段下に弥太郎の顔が覗いた。

(家を教えたからといって、勝手に押しかけてくることもなかろう)

内心ではそう思いながら、

「まあ、上がってこい」

自室に引っ込んでいるとやがて、弥太郎がきて開口いちばん、

「ほう、こちらがおまえの部屋か。存外に広いの」

相変わらず、いいたいことをいう。

弥太郎の口の悪さにはもう馴れているから、蘭三郎は意にも介さない。

「あいにくと、客人用のおざぶがないのだが……」

「なんの。気にするな」

いうなり、弥太郎はどっかり畳にあぐらをかくと、いきなり――。

「寝ておったそうじゃな」

からかうような口ぶりになる。

「いや、昨夜は子《ね》の半ば（午前一時）ごろまで月を眺めておったのでな」

「数寄者《すきもの》とはいえ、ご苦労なこった。それにしても、あんな騒ぎのなか、よく眠っておられたもんだ」

「なに……騒ぎ？　どんな騒ぎだ」

「この長屋の数軒、いや五軒ほど先だ。くわしいことは分からぬが、そこで無理心中があったとかで、七重八重の人垣だ」

唾を飛ばさんばかりの勢いで、弥太郎がいう。

「七重八重なら、我が家の前まで人垣で埋まりそうなものだが、そう騒がしくはないぞ」

「ことばのあやだ。そうそう四角にとってもらっては困る」

「しかし、無理心中とは穏やかじゃねぇな」

蘭三郎は立ち上がると東の窓を開けて、首を突き出した。

なるほど、先のほうに人垣があるようだ。

「どれどれ」

弥太郎もまた、同様に首を突き出して、

「お、ずいぶんと人数《ひとかず》が減ったようだな」

「それはそうと山崎、いったいおまえ、どこで騒ぎを聞きつけて、こんなところまでやってきたんだ」

「そうではない。おまえを訪ねてきて、あの騒ぎにいき当たったのではないか」

「そういうことか。というと、なにか俺に用でもあったのか」

「まあ、そうだが、そっちよりこっちだ。同じ長屋の住人が無理心中をした、と聞いて、おまえ興味は湧かぬのか」

好奇心丸出しの弥太郎に、

「いや。そいつぁ、俺も気になる。じゃあ、ちょいと様子を探りにいこうか」

「そうしよう」

といっているところに、小女のおふでが茶と、茶菓を運んできた。

「おふで。なんでも近くで騒ぎがあったようだが、知ってるか」

と、おふで。

「知ってるか、どころじゃありませんよう」

とりあえずは運んできたものを、畳の上に置き、本人もぺたりと畳に座り込んだ。

それで、蘭三郎も弥太郎も再び座る。

5

おふでによると、今朝の明け六ツ半（午前七時）に近いころ、いつもやってくる豆腐売りから味噌汁の具に豆腐を買った。

「そのとき、ふと見るとね、並びの先のほうで、およね姉さんが、しょんぼり立っていたの」

「待て待て、そのおよね姉さんというのは、誰だ」

と、蘭三郎。

「お軽《かる》さんところの、わたしと同じ小女です。歳は、わたしより三つ上の十五歳……」

「そうか。ときに、そのお軽さんというのは？」

「近所に住んでいるくせに、坊ちゃんは、なんにも知らないんですね」

するとと、弥太郎が茶々を入れる。

「そうなのだ。こやつはとんだ世間知らずでな」

「おい。おかしなところで口を挟むな」

蘭三郎が文句をいうと、

「おう。こりゃ、すまぬ、すまぬ。では、おふでちゃん、続けてくれ」

おふでは、また、ちょいと唇を尖らせたあと、

「どこに住み、なにをしている人かは知らないけれど、松之介《まつのすけ》とかいうおじさんのお妾さんらしいの」

「ふうん。それで……」

と、蘭三郎。

「豆腐屋さんがいうには、およね姉さんは昨夜は里帰りをさせてもらって、今朝がた戻ってきたところ、表には雨戸が閉《た》てられていて、中からは桟《さん》が下ろされている。それで雨戸を叩いたのだけれど、まるで返事がない。それでベソをかいていた、っていうの」

すると、またも弥太郎が――。

「ふむ、中じゃあ無理心中、という事態だな」

と、おふではぷっとふくれて、

「話には、順番というものがあるの！　そんなに話の腰を折るのなら、もう話しませんから」

「あ、こりゃ、すまぬ。いや、許せ。あとは黙っておるゆえに、機嫌を直してくれ」

さかんに謝っている。

おふでは小さくうなずき、再び話し出した。

「でも、あたしは朝ごはんの支度中だったものだから、そのまま、おうちに入って……。で、朝ごはんも終わって、後片付けをしたあと、どうなったかなって表に出てみると、およね姉さんは、まだうなだれたまま、しょんぼり戸口の前に立っているものだから……」

おふでは、蘭三郎の母に断わりを入れて、およねのところへ向かった。

おふでが事情を尋ねると、およねは豆腐売りが教えてくれたのと同じことを答え、

——どこかへ、出かけてしまったのかしら。

と、半べそを、かきながらいう。

——でも、内側から桟が下りてるんでしょ。だったら、中にいるってことじゃないの。

——そうよねえ。じゃあ、きっと、あたいになにか腹を立てて、それで締め出しを食らったんだわ。

——なにか、心当たりでもあるの。

　およねは首を振り、竪大工町《たてだいくちょう》の実家へ里帰りさせてもらえるのも、しょっちゅうのことだし……、と首をひねるばかりである。

　そこでおふでは知恵を絞り、とりあえず長屋の両隣りに、なにか事情を知っていないかを尋ねてみよう、ということになった。

　すると、両隣りとも心当たりはないという。

　それで昨夜のことを尋ねると、いずれもが昨夜は五ツ（午後八時）前後に、家族で稲荷河岸《とうかんがし》に月見に出かけたとのことであった。

　小網町の東の裏に稲荷堀《とうかんぼり》というのがあるが、霊岸島の大川べりには稲荷河岸というのがあって、そこが月見の名所になっている。

　それで食い物屋台もいろいろ繰り出してきて、月見の夜には、霊岸島の住民の多くが稲荷河岸に集まる。

〈とうかん〉は稲荷《いなり》を音読みに〈とうか〉と読んで、それがなまって〈とうかん〉になったものだ。

「でもね。吉田《よしだ》のご隠居さんがいうには、きのうの五ツ（午後八時）の鐘が鳴る前に家を出たときには、お軽さんちの雨戸は外に立てかけられており、中には、ぼんやり明かりも灯っていた。でも四ツ（午後十時）ごろ家に戻ったときには、雨戸が閉てられていたよ、というんです」

「ふうむ。で……」

蘭三郎は、先をうながした。

「それで次には、裏露地からたしかめてみよう、ということになったの」

「なるほど」

裏露地というのは、生活排水や雨水などを集める下水溝が通り、糞尿の汲み取りなどにも使われる通路で、幅が三尺ちょっと（約一メートル）ほどしかない。

おそらく、どの長屋も同じ造りであろうから、お軽とかいう妾宅の様子も蘭三郎には想像がついた。

一階の奥裏には二畳ばかりの土間があり、そこが台所になっている。

内井戸があり、へっついがあり、水瓶《みずがめ》や流しがあって、裏露地に通じる内開きの木戸がついている。

ほとんど使うことはない裏木戸で、内側から五寸釘の鍵を差して外からは開けられないようになってはいるが、おふでは、そこをたしかめようとしたのだろう。

だが、お軽の長屋の裏木戸は、やはり内から閉じられたままだった。

「となると、お軽さんが、もしや、病かなにかで中で倒れているかもしれないと、思ったの」

十五歳だというおよねより、三歳年下のおふでのほうが、よほどしっかりしている、と蘭三郎は思った。

そこで、おふではおよねと共に、長崎町二丁目の町会所に向かった。

なるほど霊岸島に、自身番屋や木戸番に町木戸はないが、それは八丁堀が近く、犯罪者や不審者を一時的に拘束しておく設備が不必要なだけで、そのかわりに町会所というものがあった。

自身番同様に大家や書役《かきやく》が詰めており、一画の小屋には、木戸こそないが夜ごとに拍子木を打って火の用心をする番太が住み、万《よろず》こまごましたものを売ってもいる。

町会所で、二人の少女が縷々《るる》事情を説明したところ、そいつは面妖《めんよう》だ、ということになった。

さっそく町鳶《まちとび》の親方が若い衆を二人連れてきて、お軽の家に向かった。

閉じられた雨戸を叩いて、誰も出てこないのをたしかめたうえで、あっという間に雨戸がこじ開けられた。

内側の腰高障子も同様に開いて――。

――おっ！

思わず、町鳶衆が声を上げた。

それもそのはず、表座敷に連なる奥の間への鴨居《かもい》から、男がぶらりとぶら下がっていた。

――首吊りじゃねえか。

町鳶の親方がいい、振り返っておふでたちにいった。

――見るんじゃねえぞ。ションベンちびるからなあ。

いって若い衆に、

――肝腎のお軽が見当たらねえ。ちょいと奥を当たってみろ。

いわれて若い衆が、土足で奥へと向かっていったが――。

――頭《かしら》、とんでもねえことになっておりやす。台所が血の海で、女が胸を刺されて土間で息絶えておりやす。

ちょっと震え声になっていう。

――そりゃあ、一大事だ。おい、すぐに米三《こめさん》の親分に知らせてこい。

米三の親分というのは、このあたりを縄張とする岡っ引きで、東湊町《ひがしみなとちょう》二丁目にある蕎麦屋で〈米屋《こめや》〉三左衛門《さんざえもん》の二代目であった。

それで、米三の親分と呼ばれている。

蘭三郎の家で、ときたま出前を頼む蕎麦は、その〔米屋〕からで、主人の三左衛門のことは蘭三郎も知っている。

四十半ばで、アクは強いが、お人好しでもある。

「やがて親分さんがやってきて、続いて町方のお役人さんたちがきて、どうやら無理心中らしいな、ということになったの。男の人がお軽さんを刺し殺し、雨戸を閉てたあとで首を吊ったんじゃないか、ってことよ」

「なるほど。すると、その男がお軽さんを囲っていた松之介ってことかい」

尋ねた蘭三郎に、おふでは首を振り、

「かわいそうに、およね姉さん、鴨居から下ろした仏さんの顔をたしかめさせられて、顔を真っ青にして震えていたわ。でも、松之介さんじゃないっていうの。そのうち、騒ぎを聞きつけて、次々と野次馬が集まってくるし、こんなところじゃ、おちおち事情も聞けやしないって、米三の親分がおよね姉さんを永島町《ながしまちょう》の中番屋まで引っ張っていったわ」

「永島町へか」

八丁堀には、南茅場町《かやばちょう》に大番屋があるが、ほかにもいくつかの調べ番屋があって、これは中番屋とも呼ばれている。

よく知られているのが〈泣く子も黙る〉といわれる三四《さんし》の番屋だが、永島町や日比《ひび》谷町《やちょう》などにも番屋があった。

おふでは続けた。

「そんなところに、坊ちゃんの名前を呼ぶ、こちらの山崎さまの声がしたっていうわけです」

なんのことはない、おふでは事件の当初からの当事者であったわけだ。

6

おふでから事件の概要を聞き、蘭三郎と弥太郎は、とにかく現場を見にいこうということになった。

事件があったのは、蘭三郎の長屋から数えて四軒目の長屋だ。

「お、先ほどの黒山が嘘のようだ」

ほとんど人影はない。

それもそのはず、お軽の長屋前には紺看板（紺染め半纏）に梵天帯《ぼんてんおび》、と一目で町方の小者と分かる男が立っていて――。

「見世物じゃあ、ねえやい。さあ、とっとと行っちまえ」

と、中を覗き込もうとする者を追い払っている。

しかし——。

二人ともに前髪立ちながら、袴姿から武家の子息と見たせいか、小者のせりふはややや丁寧になって、

「見世物じゃござんせんので……」

やんわりという。

だが、弥太郎は、それにはかまわず中を覗き込んでいる。

蘭三郎もちらりと見たが、表座敷には筵《むしろ》が敷かれ、裸に剝かれた男女の屍《しかばね》が二つ並べられていた。

それを役人が、小者二人に指示を出しながら調べているところだ。

再び紺看板が口を開いた。

「御検屍の邪魔ゆえ、立ち去られませい」

と、やや強い口調になった。

「いや、実は……」

破られた腰高障子の戸口横に、なにやらひらひら風に舞う、お札のようなものを眺

めながら蘭三郎はいった。

「わたしは、ここから四軒先に住まう、鈴鹿蘭三郎と申します。実は、ここでの異変を最初に気づいて報らせましたのは、我が家の小女でございまして、それゆえ、その後どうなったかを伺いたく思いまして……」

ややや声を大きくしたのは、あるいは内部のお役人が、北町定廻り同心である父と知り合いではないか、と考えたからである。

はたして——。

入口を警戒していた紺看板が知らせるまでもなく、

「どうれ……」

内部から声がして、五十は半ば過ぎと思える町方役人が入口に現われた。

見知らぬ顔であった。

黒の紋付羽織で白衣《びゃくえ》（着流し）帯刀《たいとう》、髷は小銀杏《こいちょう》というのは町方同心にちがいはないが、巻《まき》羽織にしていないところを見ると、廻り方の同心ではない。

検屍役として出張ってきたのであろう。

「鈴鹿蘭三郎というと、あるいは北町の？」

「はい。鈴鹿彦馬の伜です」

と、答えているところに、戸口でひらひらしていたお札がとまって、書かれている文字が見てとれた。

〈最上刑部宿〉

と、ある。

検屍役の同心が、さらに尋ねてくる。

「すると母御は、中洲新地の卯の花の女将か」

（ありゃあ）

存外に知られているものだ、と思いつつ、

「さようです」

蘭三郎は返した。

「さようか。母御も美形じゃが、おまえも噂にたがわぬ美男子であるなあ」

感心したような声音《こわね》になっている。

（噂か……）

蘭三郎は、少しばかり苦いものを感じた。

昨年の正月のことである。

本材木町《ほんざいもくちょう》一丁目にある［白子屋《しらこや》］という書肆《しょし》から、浮世絵師鳥居清長《とりいきよなが》が描く短冊の組物、〈江戸当世若衆競《くらべ》〉というのが出て、大評判をとった。

その短冊のうちの一枚が、いつとはなしに蘭三郎ではないか、と囁かれはじめ、ついには町娘たちがご本尊を拝もうと、きゃあきゃあ集まりはじめた。

だが、そのとき蘭三郎は十三歳、嬉しいどころか大いに迷惑に感じたものだ。

そのうち蘭三郎は霊岸島の生家を出て、八丁堀・地蔵橋《じぞうばし》近くの実父の同心組屋敷に入ることになった。

蘭三郎が姿を消したことで、町娘たちの狂躁《きょうそう》は終わりを告げたかに思われたのだが——。

いつしか嗅ぎ当てられて、またも町娘たちが八丁堀に現われる。

そして、蘭三郎が地蔵橋近くの組屋敷から河井東山の儒学所への、通学路の途次にある亀島河岸あたりに蝟集《いしゅう》しはじめた。

そんな、ある日、痛ましい事故が起こった。

蘭三郎の姿を見いだして一斉に動いた町娘たちの一人が、均衡を崩して堀川へ落ちた。

落ちた場所が悪かった。

そこには石材を荷揚げ中のひらた舟があって、娘は石材に頭を打ちつけたのち川に沈んだ。

敢えなく命を落としたのである。

もちろん蘭三郎には落ち度もなければ、責任もない。

しかし、寝覚めの悪いできごとではあった。

また、その事件が、父の組屋敷から元の生家へと出戻る、きっかけともなったのである。

見も知らない、それも南町の老役人までが自分のことを知っている様子なのは、これまで蘭三郎が気づいていなかっただけで、八丁堀では、そうとうに噂の種になっているようである。

「ところで、そちらは？」

検屍の老役人の目が弥太郎に向けられた。

「拙者は……」

弥太郎は胸を張って答えた。

「山崎弥太郎と申して、鈴鹿蘭三郎の友である。養家に入って山崎を名乗っておるが、実父は勘定奉行の赤井忠晶だ」

（ほう！）

　これには、蘭三郎が驚いた。

　弥太郎の実父が、以前は火付盗賊改方の頭《かしら》をしていた、とは聞いていたが、その名も聞かずにきたし、まさか勘定奉行とも知らずにきた。

　検屍役人のほうも驚いた様子だったが、やがて鼻白《はなじろ》んだような表情になって、

「さようか。拙者は南町の書役同心で金子《かねこ》平左衛門《へいざえもん》と申す者、かく検屍に出張ってはきておるが、ただの書役にて、子細はわからぬ」

　探索や捕り物は、廻り方同心の範疇《はんちゆう》である。

「そうしますと、ご担当は南町の、どなたでございましょうか」

　蘭三郎が尋ねると、金子はちらりと首を傾げたが、

「臨時廻りの、中島兵三郎《なかじまへいざぶろう》だが……」

「あ、中島さまでございますか」

　なんと、父の組屋敷の東隣りに住む御仁であった。

（これは幸い……）

「どうも、ご厄介をおかけいたしました」

　蘭三郎は金子に丁重に頭を下げたのち、まだ長屋内部を覗き込んでいる弥太郎の袖を引っ張って、南へと抜けた。

蘭三郎が袖を放すと、弥太郎がいう。

「どこへ行くつもりだ」

「およねが引っ張っていかれたという、永島町の調べ番屋だ」

「ふうむ。調べ番屋か。あまり、ぞっとはせぬが、どのようなところだろう」

「俺も、まだ入ったことはない。だが、米三の親分とは顔見知りだし、臨時廻りの中島さんとも、多少の馴染《なじ》みがある」

「そうなのか」

「そう、すらすらとは教えてはくれぬだろうが、もう少しくわしいことが分かるかもしれねぇ」

南町の中島兵三郎は五十半ば、単に父親の屋敷の隣人というだけではなかった。

兵三郎には二人の息子がいて、長男の兵介《へいすけ》のほうは、南町奉行所に無足（無給）見習いで入って、今では本勤並にまでなっている。

次男の兵次《へいじ》のほうは、蘭三郎が通う儒学所の兄弟子《でし》という関係で誘われ、三度ばかり中島の屋敷に邪魔をしたことがある。

それゆえ、臨時廻り同心を務める父親とも、ことばを交わしたことがあった。

だから、そう邪険には扱われないと思うが、弥太郎にはよけいな説明はしないでおく。

秋燕《しゅうえん》、南に向かう

1

長崎町二丁目裏通《うらつう》を南に抜けたところの広道は、長崎町広小路と呼ばれる。

そこを右に折れ、次を左に折れると、右手には亀島川、左手は川口町、船大工が多く住んでいて、付近の俗称を解屋河岸《とくやかし》という。

解屋は、船具を解いて保管する小屋に由来する。

弥太郎がいった。

「おふで坊によると、吉田とかいうご隠居の話では、お軽の家は五ツ（午後八時）ごろ雨戸は閉まっておらず、中には灯りもあった。ところが四ツ（午後十時）には雨戸が閉まっていた。つまり、犯行時刻は昨夜の五ツ以降ということになるな」

蘭三郎が応える。

「そうとも、いいきれまい。あの首くくり男が、お軽のところにきたのは五ツより前で、なにごとか揉めて、お軽を刺し殺した。さて、どうしようと思案した挙句《あげく》に男は自害を決意して、それで雨戸を閉めたのち首をくくった、というふうにも考えられるぞ」

「ううむ。理屈ではそうだが……」

弥太郎は首をひねり、

「お軽は、松之介とかいう者の妾だったそうだが、そうなると、首をくくっていた男は間男《まおとこ》だった、ということになろうな」

「そうかもしれないな」

と、行き当たりには亀島橋があって、それを渡れば八丁堀だ。

「つまるところは、情痴のもつれ、というやつか」

橋を渡りながら、なにやら弥太郎は楽しげな声を出した。

「それより、お軽の家の戸口にぶら下がっていたお札を見たか」

橋を渡り終え、左に道を取りながら蘭三郎がいう。

「おう、最上刑部宿のお札のことか」

「そう、ありゃあ、いったいなんだろう」

「なんだと……、いや、相変わらず……」

弥太郎は、いいかけた口を閉じた。

相変わらず世間知らずだ、といいたかったのであろうが……。

「ありゃあ、疱瘡除《ほうそうよ》けのお札だ。俺の家でも、あちこちに貼ってある。しかし、七夕《たなばた》の短冊でもあるまいに、あんなふうに、ひらひらさせておくというのも珍しい」

「そのようなお札があるのか。それにしても、最上刑部というのは何者だ」

「おお、それか。元は出羽山形《でわやまがた》で五十七万石の最上家であったが、なにやら不祥事があって改易《かいえき》された。その後に近江《おうみ》の地に一万石の所領を得たが、最上刑部が家督を継ぐとき幼少に過ぎたため、五千石を減らされて、ただの旗本に落とされた。その当人の名だというな」

「それがなぜ、疱瘡除けのお札になるんだ」

「そこまでは分からん。ただ、その厄除け札は、かなり古くから出まわっておったようで、第四代の徳川家綱《とくがわいえつな》さまが、そのお札のことを聞き及び、それで最上刑部を御老中屋敷に召還して、その由来を糺《ただ》したところ、当の本人自身もわけが分からず困惑している、とのことで、結局のところは、そのまま捨て置こう、ということになったそうだ」

「ふうん」

口は悪いが、弥太郎の物識りぶりには、蘭三郎も驚かされる。

(それにしても……)

そんな護符が、弥太郎の言《げん》ではないが、七夕の短冊みたいに戸口にぶら下がっていた……という点が、なぜか蘭三郎には気にかかった。

そうこうしているうちにも二人は、越前堀、日比谷河岸沿いにある永島町の調べ番屋前に着いた。

この周辺は、八丁堀内の町人地であった。

茅場町の大番屋や、この中番屋というのは、江戸市中の自身番屋に拘留されている縄付きを連れてきて、町奉行所の同心が予審調書を作成して牢送りにするか、どうかを決めるところで、仮牢も設けられている。

少し臆する気分はあったが、蘭三郎は、大きく息を吸い込んだのち、頑丈な造りの腰高障子を開けた。

内部は、一種異様な雰囲気で、外とはまるで空気がちがう。

蘭三郎は目を瞠《みは》り、弥太郎は弥太郎で、ううむ……と、低く唸った。

笞《むち》を打つ。石を抱かせる、海老責《えびぜ》めにする。あるいは吊り責めにする。

口を割らない容疑者に対し、地獄の責め苦とも呼ばれる拷問《ごうもん》があることは耳にしている。

責問《せめどい》、というそうだ。

だが蘭三郎たちの目に映ったのは、そんな酸鼻《さんび》なものではなかった。

目前にまっすぐ伸びる細長い土間のずっと先のほうで、小銀杏髷の同心が、逆手《さかて》に
縛られた男を六尺棒で打ち据えている。

ただ、それだけの光景で、毒気を抜かれたような気分になった。

土間の右手は上がり板敷きになっているが、それより右手は仕切り壁のある小部屋
らしく、どこに誰がいるとも知れない。

「なんぞ、用かい」

入口横の小座敷で、とぐろを巻いていた番人らしい老人が、声をかけてきた。

「霊岸島の米三の親分が、十軒長屋に住むおよねさんを、こちらの番所に引っ張って
きたと聞いたのだが」

「ふん、それで?」

「わたしは、同じ長屋に住む鈴鹿蘭三郎というのだが、ちょいと様子を尋ねにまいっ

たのだ」

今度も、少し声を張り上げていった。

すると、少し先の仕切り壁から米三の親分が、ちょいと顔を覗かせて、

「おう」

蘭三郎を認めてか、一声ののち、顔が引っ込んだ。

「…………」

次に顔を出したのは、半白髪の南町臨時廻り方同心の中島兵三郎だった。

その中島が心持ち顔を和ませ、板敷きのところまで出てくると、手招きをした。

そこで二人、おそるおそる近づいていくと中島がいう。

「久しいのう。そろそろ半年ほどになるか」

「はい。ご無沙汰をいたしております」

「いやいや、おまえも、なにかと苦労するのう」

蘭三郎が、組屋敷から生家へ戻されたことをいっている。

臨時廻りというのは、定町廻りを永年にわたって続けた者で、定町廻りの指導や相談に乗るとともに、予備隊のような役職である。

それだけに中島は苦労人で、蘭三郎のことを気にかけてくれているようであった。

「ところで、およねから聞いたが、今回の事件に気づいたのは、おまえのところの小女だったそうだな」

「はい」

「いや、お手柄じゃ。ほれ心配することはない。およねを、ここに連れてきたのは、ゆっくり事情を聞くためだけで、痛めつけたりはしておらぬゆえ、心配はいたすな。ほれ、今は煎餅《せんべい》をかじっておるじゃろう」

こちらに背を向けてはいるが、およねらしい少女は、ぽりぽり、なにかをかじっている様子だった。

その向かい側では、米三の親分が、アクの強い顔には似合わず、蘭三郎に向けて、にっと笑って見せた。

「ところで、そちらの前髪は、おまえの友か」

「はい。山崎というて、たまたまわたしを訪ねてきて、あの騒ぎに出くわしまして……」

また弥太郎に、拙者は――、などと大仰《おおぎょう》に名乗られないよう、蘭三郎は中島に答えた。

「そうか。ふむ……。蘭三郎、ちょいと外へ出ようか」

「は？」

「まあ、このようなところは、おまえたちのような無垢《むく》な若者には不適応な場所よ。ちょいと早いが、昼飯でも奢《おご》ろう」

「はあ」

はて……と思っているうちにも、中島は雪駄《せった》に足を入れ、

「三左《さんざ》、三角屋《さんかくや》におるゆえな」

と、声をかけた。三左とは〔米屋〕三左衛門の名を縮めたものだ。

2

〔三角屋〕は永島町の番屋から、三軒南の小料理屋であった。

永島町の南の角で店名の由来は、中に入ると、なるほどと思う。

まさに三角形の店で、まだ昼には間があったので、客はいなかった。

「奥を借りるぞ」

中島は馴れた調子で声をかけ、入口から突き当たりのところにある小上がりへ向かった。

小ぎれいな店で、壁にいろいろ貼ってある品書きを見ると、ここは飯屋でもあり、夜には居酒屋にもなる、といった種類の店のようだ。

「遠慮はするな。二人とも上がれ」

腰のものをはずすと、中島はどっかと座敷に腰を下ろした。

蘭三郎と弥太郎も脇差をはずし、神妙な顔つきで中島に対して並んで座る。

中島には、風雪をかいくぐってきた風格のようなものがあった。

「ここの食い物は、なかなかにいけるぞ。二人とも昼膳《ひるぜん》でよいか」

現代でいう昼の定食のようなものだ。

「おまかせします」

恐縮しながら蘭三郎が答えると、弥太郎も黙ってうなずいた。

茶を運んできた仲居に、

「昼膳をみっつな」

注文を出したあと、

「さて」

中島は笑った。

蘭三郎と弥太郎が顔を見合わせていると、

「事件のことを知りたい、と、その顔に書いてあるではないか。特にそちら、山崎さんだったか、興味津津《しんしん》が滲み出ておるよ」

図星《ずぼし》であった。

「まあ、隠すほどのものではないでな。お軽は昨夕に、小女のおよねを竪大工町の実家に戻して、あすの朝にお戻り、といったそうだ。つまりは、その夜、間男がくるはずだったってことよ」

「やっぱり」

と、これは、弥太郎である。

「ところが、男女の仲は思案の外《ほか》というくらいでな。金銭の揉め事か、あるいは嫉妬か、理由のほどは分からぬが、お軽と間男は、なにごとかで揉めて、男が女をぶすりとやってしまった。男は殺《や》っちまったあとで後悔したが、ときすでに遅し。死罪になるくらいなら、いっそのこと、と首をくくった」

「つまりは、無理心中」

と、これも弥太郎。

「理屈では、そうとしか考えられねぇだろう。表の雨戸は内側から桟がかかり、腰高障子にも桟が下りていた。また、裏木戸のほうも内側から五寸釘の錠が下りていたからなあ」

それ以外には、考えられない。

今度は蘭三郎が尋ねた。

「お軽の死体は、台所の土間に転がっていたんですね」

「そうだ。傍らに血糊《ちのり》の付いた出刃が転がっていた。そいつで、胸をひと突きという寸法だ」

「で、間男の身許は分かったのですか」

「うん。三左のところの下っ引きが、近所に聞き込みをかけたところ、夜も更けて、お軽のところに入っていって、夜明け前には出ていく男が、以前から目撃されておった。ほれ、南新川に、首より上の薬屋があるだろう」

「松屋《まつや》ですか」

「そう、その松屋の手代で外回り売りをしている常吉《つねきち》というのがおってな……」

南新川というのは、新川の南、つまりは長崎町二丁目から近くも近く、二之橋の南袂あたりに、〈首より上の薬〉の袖看板を上げた［松屋太兵衛《たへえ》］店はあった。

〈首より上の薬〉は、読んだとおりに、首から上、のぼせ、眼病一切《いっさい》、歯の痛み、歯茎の痛みなどの薬種の元引受売弘所《もとひきうけうりはらいしょ》であった。

順通散《じゅんつうさん》だの、菊花膏《きっかこう》だのといった薬を製造しているのは、播磨《はりま》・兵庫《ひょうご》の湊町《みなとまち》にある油屋佐兵衛《あぶらやさへえ》店である、とは黄金に輝く菊の御紋を、麗々しく掲げた軒看板にある。

「それで、さっそく下っ引きが松屋に向かったところ、手代の常吉が店には戻っていない。で、松屋の番頭に遺体を検分させたところ、首をくくった男は常吉だと判明した」

蘭三郎は尋ねた。

「その常吉というのは、いくつでしょう」

「歳か、二十二だそうだ。一方のお軽は二十四歳。まあ、小間物売りなんかが、得意先の女房とできてしまう、なんていうのは珍しいことでもないがな」

と中島が笑ったとき、昼膳が運ばれてきた。

「まあ、食いながら話そう」

湯気を上げている飯に、風呂吹き大根に隠元《いんげん》の煮浸し、それに白身魚の塩焼きと納豆汁がついている。

「では、いただきます」

「いただきます」

中島が箸を取ったのを見て、蘭三郎に弥太郎も箸を取った。

中島のいうとおり、［三角屋］の飯はうまかった。

さすがは商売といおうか、おふでの作る菜など、足元にも及ばない。

半分ばかりを、黙々と平らげてから、蘭三郎は質問を再開した。

「お軽さんの旦那は、松之介というそうですが、どこの誰だかは分かったのですか」

中島は、茶を飲んで口を空にしてから説明した。

「肝腎のおよねは、四十がらみの松之介と、歳ごろと名前、それに特徴くらいしか知らなかったようなので、下っ引きを会所に走らせてみると、お軽の家は借り店だと分かってな。家主は銀町《しろがねちょう》の酒問屋で、先代の隠居用に使っていたそうだが、その隠居が亡くなり空き家になったところ、一年半ばかり前に、借り手が現われたという」

借りたのは、小網町二丁目に住む鳶の親方で、松之介。

つまりはその男が、お軽の旦那である。

「まあ、ホトケの始末のこともあるから、心中事件を報らせがてら、下っ引きを小網町まで向かわせたが、まだ戻ってこねえ」

妾が間男をしたうえ、無理心中の片割れになったと知れば、その松之介という男、さぞ立腹するであろうな、と蘭三郎は思った。

「そうか。ただの無理心中か」

弥太郎が、ぽつりと、なにやらつまらなそうな声を出したのは、謎が謎を呼ぶといったような事件ではないと知って、急速に興味を失ったからであろうか。

3

さて、早めの昼食も終わり、茶で口をすすぎ、楊枝を使い終わった中島が、笑いを含んだ声で言った。

「聞いたところだと、先月、新和泉町の小間物問屋で事件があった折、桜木町《さくらぎちょう》の四六見世《しろくみせ》へ前髪姿が二人押しかけて、片方が火盗改めの木札を出して、我こそは火盗改めの頭《かしら》の一子《いっし》、と脅しつけたそうだが……」

いって、目尻の皺を深めて笑う。

思わず、蘭三郎は首をすくめ、弥太郎はというと、ぽりぽり、人差し指で揉上《もみあ》げのあたりを掻いている。

やはり、八丁堀というところはこわい。

南北両奉行所の役人たちが一ヶ所に集まって住む、という特殊環境のこの土地には、また江戸市中の岡っ引きたちも足を運ぶ。

岡っ引きのメシの種のひとつに〈抜け〉というものがある。

些細な事件の些末な関係者が、事件の証人として、本来ならば奉行所に出頭しなければならない。

だが、これには決まり事があって、一日を棒に振る以外にも、多大な金がかかる。

それで岡っ引きに幾ばくかの金を支払って、調書を抜いてもらうわけだ。これを〈抜け〉ともいい、〈引合《ひきあい》をつける〉ともいう。

さらには、岡っ引き同士が談合して、貸し借りや、金のやりとりで自分の縄張《シマ》の住人の〈抜け〉を依頼することもある。

そうした談合の場となる〈引合茶屋〉というものが、大番屋や中番屋の周囲には何軒もあった。

そんなわけだから江戸市中の噂が、町方役人のところへもどんどん集まるというわけだ。

蘭三郎たちの様子を見てとって、

「やはり、おまえたちか……」

中島は、さらに笑みを深めていった。

「なんでも音駒《おとこま》とかいう音羽町の岡っ引きが、そのことで、帆柱の喜平のところへ逆《さか》ねじを食らわせにきて、喜平父っつあんが堪忍金《かんにんがね》を出して、事をすませたそうだが、あんまり迷惑をかけるんじゃねえぞ」

「え、喜平おじさんが……」

そんなことがあったとは、ついぞ蘭三郎は知らないことであった。

弥太郎のほうも、やや俯いている。

「そう、しょげるな。若いうちは、それくらいの無茶がやれなきゃ、人間、大成はできぬ。それに聞いたところじゃ、おまえたちは、小間物問屋の養子に目星をつけたというが、大当たりだったそうじゃないか。なかなか見所《みどころ》があるぞ。大いにやれ」

中島は、変な具合に焚きつけた。

「それでなあ」

また、おもしろそうにいう。

「今回のことだが、どこから、どう見ても、無理心中にしか見えねぇんだが、俺にゃあ、その診たてが、どこか気にくわねえ」

「どういうことですか」

「返り血だなあ」

「返り血ですか」

「うん、出刃でブスッとやって、引き抜く。当然、常吉の着物には返り血がかかるわなあ」

「なかったんですか」

「いや、そうじゃねえ。常吉の着物の胸から腹のあたりにかけて、べったり血糊がついていた」

「飛沫《しぶき》じゃなくって？」

実際に見たことはないが、返り血というのは血飛沫であろう、くらいは蘭三郎にも想像がつく。

「普通は血飛沫だろうが、例がないことではない。常吉がお軽の胸をひと突きして、出刃を抜く。それから、お軽が頽《くずお》れるところを抱きかかえれば、そんなふうになるだろう」

「なるほど……」

中島は、わずかに眉をしかめたのち、

「だが、前身頃《まえみごろ》あたりには返り血の跡がねえ」

「ははあ」

「それにもうひとつ、お軽の背丈は、およそ四尺七寸（一四二㌢）、一方、常吉のほうは五尺二寸（一五八センチ）ばかり。その背丈の差で常吉が、お軽の体を受け止めたとすれば、血糊がつくのはもう少し下、少なくとも帯のあたりになるんではないかと思うのよ」

中島は、さすがに古強者《ふるつわもの》だけあって、見るべきところは見ている、と蘭三郎は感心した。

ところが、弥太郎が反論した。

「倒れてくる女を受け止めるとき、少し屈《かが》んで受け止めたとしたら、矛盾はないのではありませんか」

「そう。俺もそう考えた。だがなあ……」

中島は、やや首を傾け、

「常吉は、自分の帯を鴨居にまわして、それで首をくっていた。その帯を仔細に眺めたが、そこにも、まるで血の跡がねえんだ」

「………」

弥太郎は沈黙した。

「ついでのことにいっておくと、台所の水瓶の水が、真っ赤に血で染まっていて、傍らに捨ててあった手拭いにも、うっすらと血がついていた。お軽を殺《や》ったあと常吉は、血で汚れた手を水瓶に突っ込んで洗い、手拭いできれいに拭ったってえことになるな」

中島が、訝《いぶか》しんでいるのは、常吉の帯に血の跡がなかったことであるらしい。

「…………」

しばらくの沈黙が続いたのち、中島がいう。

「まあ、だいたい、そういうところだ。納得はいったか」

「はい。いろいろとありがとうございました」

蘭三郎が礼を述べている、そのとき——。

表戸が開いて、入ってきた人物がいる。

まっすぐこちらに向かってきて、

「おっ！」

そこに弥太郎や蘭三郎を見いだして、目を剥いた。

つい先ほどに、お軽のところでことばを交わした、南町の書役同心、金子平左衛門であったからだ。

「やあ、金子氏《うじ》」

中島が、気軽く手を上げると、

「ふむ。番屋にいくと、こちらだと教えられましてな」

金子がいいながら、小上がりの様子を見て、

「おい、俺にも昼膳を頼もう」

店の者に注文を出してから、同じ小上がりに上がってきた。

「検屍は、終えられましたか」

中島がいうのに金子は、

「はあ」

とだけ答えた。

「そうそう、この前髪立ちたちはのう」

「先ほど会っております。鈴鹿蘭三郎と、たしか山崎弥太郎」

するとと中島は小さく声を出して笑い、

「おやおや、さようか。ふむ、実はな。北町の鈴鹿彦馬氏と我が家は隣り同士なのだ。それゆえ、この蘭三郎とは、何度かことばを交わしたこともある」

「ははあ、なるほど」

「まあ、密《ひそ》かごとにするほどの事件でもないゆえ、事件の概要を講義しておったのだ。ところで御検屍のほど、ご苦労でござった。なにか異《い》なところはございましたか」

「はあ、しかし……」

蘭三郎たちがいることに、金子は渋った。

「なに、ついでのことじゃ。いずれは、この蘭三郎も町方同心になるであろうから、勉強だと思うて聞かせてやれ。なあ、蘭三郎、こちらの金子氏は書役同心じゃが、こと検屍に関しては南町随一の腕前の持ち主でな。先ほど、いうたとおりに、やや不審な点もあり、念のためにとご足労を願ったという次第じゃ」

「ははあ、さようでございましたか。それはお見それをいたしました」

そつなく蘭三郎が一礼すると、中島と近い年齢だろう金子が、

「コホン！」

小さく、しわぶきを入れたのち、

「では話そうが、よいか。一切のことは他言無用。間違えても、あちこちで吹聴《ふいちょう》してもらっては困る」

と、主に弥太郎に視線を飛ばしながら、釘を刺してきた。

それに対して――。

「分かっております」

「心得ており申す」

蘭三郎と弥太郎は、ほぼ重なるように返していた。

金子の検屍の結果にも、不審な点があった。

というのも、常吉の鳩尾《みぞおち》あたりと、右耳の後ろあたりに、最近ついたような痣《あざ》を見いだしたというのだ。

4

「ちょいと、おもしろいことになってきたとは思わないか」

［三角屋］を出て、日比谷河岸を北上しながら山崎がいう。

「そう、おもしろいとも思えぬが……」

蘭三郎もまた、胸につっかえるものがあったが、へたに同調すれば、また弥太郎の暴走がはじまるかもしれない。

先月の新和泉町の事件のときに、つい山崎の口車に乗って、音羽町くんだりまで出かけたことで、喜平おじさんに、とんだ迷惑をかけたことを知ったばかりだ。

山崎が、あきれたようにいう。

「おいおい、あの金子さんの話を聞いただろう。常吉の鳩尾と右耳の後ろには痣が残っていた。つまりはこうだろう……」

山崎は立ち止まり、腰を落として拳を前に突き出しながら、

「まず、正拳で常吉の水月《すいげつ》に当て身を食わせる。そして、うっ、と前屈みになったところで、念を入れて常吉の獨鈷《とっこ》に……」

手刀で、はっしと振り下ろす仕種《しぐさ》をした。

山崎がいうのは、起倒流柔術で習った人体の急所で、水月は鳩尾、獨鈷は両耳の後ろ側を指している。

「な。本《ほん》ボシは別にいる。そやつが常吉を失神させたのち、鴨居に吊るして、首くくりに見せかけたんだ。もちろん、お軽を殺したのも、そいつの仕業だ」

確信に満ちた声でいう。

もちろん、蘭三郎だって、そのくらいのことは考えた。

「常吉を、お軽殺しに見せかけるために、常吉の着物に、お軽の血を塗りつけた、といいたいんだろう」

「なんだ。わかっているじゃあないか」

「しかしなあ、その本ボシが、わざわざ雨戸を入れて内から桟を下ろし、戸口も内側から桟を下ろし、となると、自分自身も閉じこめられてしまうではねえか」

「そりゃ、まあ、理屈ではそうだがなあ……」

山崎も、首をひねる。

「第一《でえいち》、そんな手間暇をかけずとも、そのまんま戸口から逃げ出してしまえば、いずれは今朝になったら、小女のおよねが戻ってきて異変に気づくはずだろう」

「そりゃ、そうだが……」

「じゃあ、手間暇をかけた理由がないじゃねえか」

「そりゃあ、確実に、無理心中だと思わせたかったからだろうよ」

「じゃあ、その本ボシとやらは、どこへ消えちまったというんだい」

「ううむ……」

弥太郎はひとしきり、うなった、
ちょうど越前堀からの入堀を、小橋で渡る〈三角屋敷〉と俗称されているあたりで、その先には火の見櫓が建っている。

さらに、それより先の七軒町《しちけんちょう》の辻には、もっと巨大な火の見櫓が、青空を背に突き立っていた。

山崎は、なおもいった。

「どこかにからくりがあるんだ。ほれ、河内屋の事件のときだって、最初のうちは、蔵の中から犯人が忽然と消えたってことになっていたぞ」

山崎の居宅から近い、新和泉町の事件のことだ。

なるほど、状況としては似ているが……、と蘭三郎は思ったが、

「あれと、これとは事情がちがうだろう。河内屋の場合は、肝心の刺された亭主が、
倅《せがれ》が、いや養子を庇うために……」

（おっと、危ない……）

「でたらめなことをいったため、まるで、犯人が煙のように消えたように見えただけだ」

［河内屋］弥兵衛と、養子の清太郎が、実際のところは実の父子であった、というのは秘中の秘で、知っているのは喜平おじさんと蘭三郎だけであった。

（ここは、話題を変えよう）

蘭三郎は、右手に見えてきた亀島橋を渡り、霊岸島に戻りながら、

「ところで、来月から竹中道場の〈格付銓衡〉がはじまる。ここんところ、怠けておったから、そろそろ稽古に精を出さねばならねえ」

「うん。そいつは、俺も気になってはいるが……」

「一昨日、ようやく七日ぶりに、道場へ行ったというように、まだ稽古もはじめないうち

に、おまえにむりやり連れ出されてしまった。きょうは、これから稽古に出かけようと思うが、おまえはどうする？」

蘭三郎は矢継ぎ早に言《げん》を発して、山崎の好奇心の矛先を、ねじ曲げようとした。

「そうさなあ……」

もう一押しとばかり、蘭三郎は口を開いた。

「それに、音羽先生のところにも顔を出したいし、剣術の道場にも通わねばならない。こう見えても俺は忙しい」

「まあ、そりゃあ、俺とて同じこと……。音羽先生のところにも行きたいのだが……」

亀島橋を渡り終えて左折し、再び解屋河岸沿いの道を北へ向かう。

「なあ」

山崎が、なぜか、まるで蚊の鳴くような声で呼びかけた。

「どうした」

「悪いが蘭三郎、あと、もう少しだけ、俺につきあってくれないか」

傍若無人《ぼうじゃくぶじん》で、口の悪い山崎としては、珍しい口の利きようだ。

「どこに、つきあえというのだ」

「うむ。殺されたお軽の旦那の松之介は、小網町に住む鳶の親方だと聞いたろう」

「うん」

「こうは考えられぬか、松之介は、実は、お軽が密男《みそかおとこ》をしばしば引き入れていることを感づいていた。こりゃあ、おもしろくないはずだ。おまけに鳶ともなりゃあ、気が荒い、と相場が決まっている」

「とどのつまりが、松之介が犯人じゃないか、といいたいのか」

「然《しか》り」

なにが然りだ、と蘭三郎は思いながら——。

「問題が二つ」

「おう」

「まず第一が、お軽が間男を引き入れる日を、どうやって松之介が知ったかだ」

「ううむ……。こういうのはどうだ。鳶の親方だから、子分のようなものがいる。その手に、毎晩、お軽の家を見張らせる」

ありないとはいえないが、かなり苦しい答えだった。

蘭三郎は、敢えて論評はせずに、次をかぶせた。

「第二点は、いかに妾といえども、間男は不義密通にちがいはない。俗にいうところの、間男と重ねて四つに切っても、罪にはならない。〈公事方御定書《くじかたおさだめがき》〉にも、密通の男女共にその夫が殺し候はば、紛れも無きにおいては、おとがめ無し、と書かれているからなあ。早い話が、松之介が犯人なら、別に逃げ隠れする必要もない、ということだ」

「ううむ……」

とうとう長崎町広小路まできたが、話はまだ終わらない。

仕方なく蘭三郎は、山崎とともに、一之橋へと続く道を進んだ。

山崎が性懲りもなくいう。

「御定書に、そうあろうと、武家でもあるまいに、今どき重ねて四つに切る、なんてのは、江戸っ子にとっては野暮《やぼ》の骨頂《こっちょう》だ。川柳《せんりゅう》にも、〈据えられて七両二分の膳を食い〉とあるように、七両二分が間男の示談金と相場が決まっている。それを二人とも殺しちまったら、松之介は尻《ケツ》の穴の小さい野郎だと、お江戸の笑いものになってしまうだろう。おまけに、妾を寝取られた男っていう、おまけ付きだ。男伊達《だて》が身上《しんじょう》の鳶の親方が、そんなことをするだろうか」

なかなかの熱弁だが……と思うが、蘭三郎には、まだ納得はいかない。

山崎は続ける。

「しかしながら、間男と、自分を裏切ったお軽は、断じて許しがたい。それゆえ、結局のところ松之介は、心中に見せかけて二人を殺した」

（ふうむ……）

あくまで山崎は自説を曲げず、あきらめるということを知らないようだ。

（仕方がねえな）

蘭三郎は折れることにして、いった。

「で、どうすりゃ気がすむんだ？」

「小網町の松之介のところへ行って、昨夜はどこでなにをしていたかを尋ねる。つきあってくれ」

「よし。分かった。つきあおう」

昨夜は仲秋の名月であった。

ならば、松之介は、身内や子分たちと月見の宴を張っていた可能性がある。

ま、月見をしなかったにせよ、その行動さえ明らかになれば、山崎もあきらめがつくだろう、と蘭三郎は考えたのだ。

5

一之橋を渡り、霊岸島新堀を湊橋で渡る。

その橋上で、蘭三郎は不思議なものを目撃した。

おそらく燕《つばくろ》と思うのだが、尋常ではない数の鳥影が堀川の北方から飛来してきて、低く高く、あるものは堀川の水を蹴立てるようにしながら、蘭三郎たちがいる橋下を通過していくのだ。

思わず蘭三郎は、その群影を追って首をめぐらせた。

鳥影は先の大川を斜めに横切って、さらに南下していく。

「なんだ、ありゃあ」

思わず蘭三郎がつぶやくようにいうと、

「なんだ。おまえ、初めて見たのか」

と、山崎が問いかける。

「ああ」

「そうか。燕も渡り鳥だからな。今ごろになると、ああして群れで南に戻る」

「そういうことか」

「うむ。秋燕という」

「シュウエン？」

「そうだ。秋の燕と書いてシュウエン。あきつばめ、と読んだら蜂雀蛾《ほうじゃく》という、ちょいとでかい蛾《が》のことになる」

「いつも感心するのだが、おまえは実に博学だなあ」

お世辞ではなく、蘭三郎は本気で山崎を誉めた。

「改めていわれると照れる。ただ、書を読むのが好きなだけで、世の役に立つものではない」

山崎にしては、実に謙虚な物言いであった。

さて湊橋を渡り終わると左に道を取り、崩橋を渡ると、そこはもう小網町三丁目であった。

その右手に続くのは行徳河岸《ぎょうとくがし》で、江戸と下総国《しもうさのくに》の行徳（千葉県市川市）とを結ぶ二十四人乗りの行徳船《ぎょうとくぶね》が、ひっきりなしに行き来する発着場がある。

今しも、その貨客船に商人などが乗り込むところであった。

「たしか、小網町二丁目といっていたよな」

「ああ、たしかにそう聞いたが……」

実は蘭三郎、竹中道場に通うのに、この崩橋袂までは通い慣れた道であった。

しかし、いつもは行徳河岸の道をとり、川口橋のところを左に折れて浜町堀を遡《さかのぼ》る、というのが決まった道筋であった。

だが、入門当時は父の組屋敷から通っていたので、南茅場町のところから〈鎧《よろい》の渡し〉に乗って、着いた向こう岸が小網町二丁目と三丁目の境目であった。

船着場の正面には、［つちや儀八《ぎはち》］という足袋《たび》と股引《ももひき》の問屋があり、その隣りには諸国の茶を商う［西村加兵衛《にしむらかへえ》］店がある。

蘭三郎の足は迷うことなく、その方向に向かった。

このあたり、左手は白壁が美しい蔵地がずっと続くところで、右手には多くの奥州筋船積問屋が並ぶところだ。

その間を縫うように、干鰯《ほしか》魚や魚油の問屋や、釘鉄銅物問屋や、下り素麺問屋などが点在する。

そして渡しが着く桟橋を過ぎて小網町二丁目に入ると、鍋釜問屋や下り傘の問屋、貝杓子《かいしゃくし》問屋などが目に入ってくる。

この地を俗に貝杓子店《だな》とも呼ぶのは、そのせいだ。

「お、ここではないか」

山崎が声を上げたのは［大坂屋左右衛門《おおさかやさえもん》］と屋号のある貝杓子問屋の左隣りの家で、腰高障子には、墨痕鮮やかに〈一番組〉の文字と、〈ⓗ〉の字が書かれていた。

江戸の町火消は、いろは四十七組に本組を加えた四十八組からなって、それを一番組から十番組の大組に組み入れている。

ついでながら、本所《ほんじょ》と深川には十六組があった。

まさしく、この小網町は〈は組〉の受け持ちである。

「間違い、ないだろう」

蘭三郎が諾《うべな》うと、

「よし！」

山崎が張り切った声を出して、がらりと腰高障子を開け放った。

「ごめん！」

纏《まとい》や火消道具や竜吐水《りゅうどすい》で、さしもの広い土間も窮屈に見える奥に向かって、山崎は訪いの声を張り上げた。

「へい」

顔を覗かせた半纏《はんてん》姿の右肩に、純白の手拭いを引っ掛けた若者が、「ほ！」というような表情になる。

おそらくは、ここらでは見かけない、どうやら武家の子弟らしい、しかも前髪立ちの二人連れに、とまどったのであろう。

それにはかまわず山崎がいう。

「親方の松之介どのはご在宅か」

「へ？」

若者が、素《す》っ頓狂《とんきょう》な声を出した。

「だから、鳶の親方の松之介どのに会いたいのだ」

すると町鳶の若者は、

「冗談いってもらっちゃあ、困る。うちの頭は……」

と、いいかけたのを途中でやめ、

「ははーん」

大きくうなずいた。

そして、いう。

「おめえさんがた、くるところを間違えたようだぜ。さっき、鳶の親方で松之介といったよなぁ」

「いかにも」

「じゃあ、やっぱり間違《まちげ》えだ。ここは見てのとおりに、纏は源氏車《げんじぐるま》二つ引き流し、すなわち、〈は組〉の町鳶の家よ。おめえさんがいう、松之介という鳶の親方は、町火消とは関係のねえ、大名、旗本、神社仏閣などの普請に関わる鳶の親方で、こちとらとは、無縁のお人よ」

「あ、さようか。いや、小網町二丁目、と聞き及んだゆえ、てっきりこちらかと思うたのだが……」

「まあ、そういうことだから、悪く思わねえでくれ」

と、朱鏡《しゆかがみ》といって、背中の丸い窓の地色が赤の中に〈は〉の字が書かれた印物《しるしもん》(半纏)を見せた若者に、

「あいや。お待ち願いたい」

「うん?」

振り向いたのに、山崎が尋ねる。

「そっちの、鳶の親方の住まいはいずこか」

「あ、そっか」

若者は苦笑いして、

「こりゃあ、不親切なことでいたみいる。えっとな、ここから北に小網富士というのが聳える、明星《みょうじょう》稲荷ってのがあらあ。そのお稲荷さんの隣りが、鍾馗松《しょうきまつ》のヤサよ」

「鍾馗松？」

「ああ、背中《せな》に鍾馗の彫物を入れてるんで、そう呼ばれているんだ。おっと、明星稲荷には、こちらからは入れねえからな。二丁目横丁をぐるっとまわった裏通りよ。陸《む》奥《つ》磐城平《いわきだいら》の安藤対馬守《あんどうつしまのかみ》さんの屋敷の手前だから、すぐに分からあ」

　やけに親切に教えてくれた。

小網町の鍾馗松

1

通りに戻って、山崎がいう。

「いや、まいった」

「うん。俺だって、鳶の親方と聞いたら、町鳶だと思った」

「よくよく考えてみれば、いかに町鳶の頭とはいえ、よほどあくどいことでもしなければ、妾を囲えるほどには儲かるまい」

「そんなものか」

そのあたりのことは、蘭三郎には分からない。

探すまでもなく、右手の商家の屋根越しに、人工の富士塚が見えている。

富士山を模して造られたもので、頂上には浅間《せんげん》神社が祀《まつ》られている。江戸では富士信仰に伴う富士講が盛んであるが、そうそう本物の富士のお山には登れない。

それで、こういった人工の富士に登り、遠く富士のお山を眺めて富士参詣の代わりとする。

女人は富士山に入山できないが、こちらは禁制ではないので、特に六月一日から二十一日までの富士詣《もうで》の期間は、大いに賑わうのであった。

二人は、やがて思案橋《しあんばし》に突き当たったところで、

「こっちだな」

山崎がたしかめてくるのに蘭三郎もうなずき、右へ曲がった。

それから半町ばかりを進み、［山形屋惣八海苔店《やまがたやそうはちのり》］と看板のある角店のところを、再び右折する。

その通りの左側には、すでに大名屋敷の海鼠壁《なまこ》が続き、右側のほうも、もう少し先から海鼠壁が連なる武家地になっている。

そこまでの一町（約一〇九メートル）ほどの間に、町家があり、明星稲荷の鳥居がある。

「こいつか」

一軒の家の前で、山崎が足を止めた。

腰高障子に、鳶口《とびぐち》をぶっちがいにした絵が描かれていて、その下には「松」の文字がある。

「たぶん、間違いはなかろう」

二人はうなずきあい、山崎が腰高障子を開けて、

「ごめん！」

またも訪いを入れる。

なるほど、先ほどの町鳶のところとはちがい、火消道具のない、ごく普通の町家であった。

「おう」

野太い声がして、三十がらみ、苦《にが》み走った男が出てきて、首を傾げる。

山崎がいう。

「率爾《そつじ》ながら、親方の松之介どのに、お会いしたい」

「ははあ、ええっと、どこぞのお旗本か、お大名のお使いでござんすか」

男は、首をひねりながらいった。

「いや、そうではない」

「なんでぇ。仕事の依頼じゃあござんせんので」

「うむ。そういうわけではない」

「じゃあ、どこの、どちらさんでござんしょう」

「うむ……」

どこの誰かと尋ねられ、山崎は詰まった。

代わって、蘭三郎がいう。

「俺は町方同心の伜で、鈴鹿蘭三郎という。今朝方、霊岸島、長崎町で、ある事件が起こった」

「へい、へい、そのことなら、とっくに知らせが入《へえ》っておりやすよ。えれぇ、迷惑な話だ。そんなこんなで取り込み中でござんすから、とっととお帰りを願いてぇものだ」

「そうは、いかぬ。親方に会わせていただこう」

「あいにくながら、親方は留守をしておりましてねぇ。町方同心の伜かなにかは知らねぇが、前髪があるところを見ると、まだ見習同心でもねえようだ。だから、御用の筋とも思えねえ。迷惑千万だから、さあ、とっとと帰っていただこう」

「むう」

すっかり足元を見られてしまった。

悔し紛れに、蘭三郎は問うた。

「そのほうの名を聞いておこう」

「おう、逃げも隠れもしねえや。俺は、鍾馗松のところの小頭《こがしら》で、宗助《そうすけ》というもんだ。おとといきやがれ！」

着物の裾をまくるような仕種《しぐさ》をして、奥に引っ込んだ。

まさに、尻《ケツ》をまくる、というやつだ。

「えらく、傍若無人な野郎だ」

仕方なく表に出て、山崎が腹立たしそうな声を出す。

「それにしても、ひどく不機嫌だったな。それに、松之介は留守をしているといったぞ。あるいは……」

なにやら松之介に怪しい点があって、調べ番屋にでも引っ張られたか、と蘭三郎は考えた。

しかし、担当の南町同心である中島兵三郎とは、ついさっきに別れて、その足でまっすぐに、こちらにきたのだ。

あまりにも、早すぎるような気がした。

蘭三郎は、明星稲荷の小網富士の頂きを、しばらく見上げていたが、

「よし！」

声を発した。

「なにか、手を思いついたか」

と、山崎。

「うん。俺の親父に、朝から晩までくっついている、臥煙《がえん》の利助《りすけ》、という岡っ引きがいる」

「ふむ」

「そいつの稼業は、この小網町にある船宿だと聞いている」

「おう、そうか」

「臥煙の利助は、今も親父にくっついているだろうが、その船宿に行けば、手下かなにかがいて、少しは様子が分かるかもしれない」

「いやあ、やっぱり、おまえにつきあってもらってよかった。さっそくまいろう」

どうも、おかしな展開になってきたが、ここまでくれば、蘭三郎も意地になっている。

（たしか、小網町一丁目の、［とんがり］という名の船宿だったな）

臥煙の利助とは、八丁堀の組屋敷にいたころ、何度か口を利いたことがある。三十そこそこで、先ほどの宗助同様に苦み走った顔だちの、元は臥煙だから、全身に彫物があった。

父親の腰巾着だから、蘭三郎に対しても慇懃《いんぎん》に接して、若さま、若さまと呼ぶのには、少々くすぐったい思いがしたが、特に好きでも嫌いでもない男だ。

ただ、その利助の手下、すなわち下っ引きの平次郎《へいじろう》が、毎晩、母のおりょうを用心のため、店から家まで送ってくれるのには、感謝している。

2

思案橋を渡ると通りは二手に分かれ、左のほうの道筋で小網町一丁目に入る。左側は蔵地で、町家は右側にある。

(なんだ)

探すまでもない、とっつきの角地が船宿で、ちょうど角のところが入口になっていて、「とんがり」と白抜きされた枯茶色《からちゃいろ》の長暖簾《ながのれん》がかかっていた。

(なるほどな……)

[とんがり]とは、また変わった名だと思っていたが、そのわけが分かった。角地の角のところから入口までは、洗い出しの那智黒石が敷き詰められているが、ちょうどその形が逆三角形になっている。

　昼膳を馳走になった［三角屋］と同じような発想なのだ。

「ごめんよ」

　蘭三郎が先になり、暖簾をくぐって入ると、そろそろ中年増《ちゅうどしま》かと思える女将が、

「いらっしゃいまし」

　愛想のいい声で、笑顔を見せて迎えてくれた。

　船宿は舟を貸し出す、いわば江戸庶民の水上の交通手段であったが、宿泊施設というわけではなく、ちょっと一休みができる、あまり敷居の高くない料亭、といった一面も持っている。

　帳場の中では、まだ芥子坊主《けしぼうず》頭の男児が一人遊びしている。

　たぶん、これが臥煙の利助の女房と子供だろうと思いながら、蘭三郎はいった。

「すまぬが客ではない。わたしは北町同心、鈴鹿彦馬の伜で蘭三郎という」

「あれ、まあ」

　女将はあわてたように帳場から出て、畳に両手をつくと、深ぶかと頭を下げたのち、

「主人が、たいへんお世話になっております。わたしは利助の女房で、せい、と申します」

「これはご丁寧に……。こちらこそ、突然に訪ねてきて申し訳がない」

「でも……」

おせいが顔を上げて、心配そうな声を出す。

「主人に、なにか、ございましたでしょうか」

「そうではない。利助親分と、手下《てか》の平次郎さんは、父と一緒に、日本橋か内神田か、受け持ち区域をまわっていることでしょう。いや、こうしてお邪魔をしたのはほかでもない。わたしと母が住む霊岸島の十軒長屋で、ちょいとした事件があったものでね」

「ああ、それなら聞いております。昼前に……」

と、いいかけたおせいだが、

「ちょいとお待ちくださいな」

と、ことばを添えて、奥に向かって呼びかけた。

「ちょいと、おしげ、おしげは、いるかい」

「はあい」

女の声が聞こえ、ぱたぱたと足音がして、

「御用ですか、女将さん」

言って、蘭三郎を見るなり、ぽっと顔を赤らめた。

薄汚れた前垂れをしているところを見ると、おしげは、この船宿の下働きのようで、歳のころは、十六、七といったところか。

「太七《たしち》さんは、おいでかい。いるなら、ちょっと、こちらに顔を出すように、伝えておくれ」

「へえ」

答えはしたが、おしげは動かず、じいっと蘭三郎の顔に見入っている。

「これ、おしげ！」

女将に、尖った声を出されて、おしげはぴょんと小さく跳び上がり、またぱたぱたと足音を残して消えた。

「すっかり色気づいちまって……。すみませんねえ。亭《てい》には聞いておりましたけれど、ほんに、きれえなお顔立ちだ。どんな役者にも負けはいたしませんよ」

誉めているつもりなのであろうが、蘭三郎には有難迷惑なことであった。

ふと気づいたように、女将が続ける。

「ああ、そんなところに立たせたままで、すみませんねえ。どうぞ、お二方とも、お上がりくださいな」

勧められて、蘭三郎が傍らの山崎を見ると、小さく頤《おとがい》を引いた。

「では、おことばに甘えて……」

履物を脱ぎ、帳場のある上がり座敷に上がると、女将は帳場横に座布団を二つ揃えていった。

「ま、どうぞ、座布団《ざぶ》などお当てくださいな。いえね。太七というのは、うちの船頭ですが、亭の下っ引きも兼ねておりましてね。長崎町の事件のことは、わたしよりくわしゅうございますんで、直接に聞かれたほうがよろしいかと存じまして……」

「いや、お心遣いのほど、感謝いたします」

勧められた座布団に素直に正座して、蘭三郎は、軽く頭を下げた。

そんなとき、一人の女が姿を見せた。

「女将さん。太七さんは船着場にいて、すぐにいくからとのことですよ」

伝えた女の赤前垂れを見れば、どうやら、ここの仲居だな、と判断できる。

「そうかい。ところで、どこか座敷は空いてるかねえ」

「ええ」

「それじゃあ、すまないが、こちらのお二人をご案内してくれないか。大事なご客人だから、粗相のないようにね」

と、いうことで、蘭三郎たちは二階座敷に案内された。

3

しばしの、のち――。

「へい。ごめんなすって」

障子の向こうから声がかかり、中年男が入ってきた。

その後ろからは、茶菓と茶を、先ほどの仲居が運んできて、蘭三郎たちの前に並べた。

「これは、造作をおかけする」

仲居が去ると男がいう。

「あっしが、船頭の太七でござんす。長崎町の無理心中の件でござんすね」

「そうです。なにか聞いていますか」

「へい。きょうの昼前に、霊岸島、米三の親分の手下が、こちらへめぇりやして……、へい。ここらは利助親分の縄張《シマ》でござんすから、一応の挨拶を通すのは仲間内の決まり事になっておりやす。なんでも無理心中の片割れが、鍾馗松の囲われ者だと聞きやした。挨拶があれば、多少の手助けをするのが、また仲間内の仁義でござんすから、あっしが鍾馗松のところへ、同道案内をいたしたという次第でござんす」

「なるほど、それで、鍾馗松……いや、鳶の親方の松之介の様子はどうだった」

　珍しく、山崎がずっと無言なので、蘭三郎が問う。

「へい。それが、あいにくと鍾馗松は、江ノ島遊覧とかで、きのうの朝早くに江戸を発って、留守でござんしてね」

「なに。江ノ島へか」

「そうらしゅうござんす。女房がいうには、気ままな一人旅だ、といって出かけたが、なに、どうせてかけの、お軽を連れての遊びだろう、と思っていたのに……、と、滅《めっ》多《た》くさの驚きようでござんしたよ。はい」

「ふうん。江ノ島になあ」

　思いもよらない、なりゆきである。

　と、山崎が、ここにきて口を挟んできた。

「その鍾馗松の女房というのは、どういう女だ」

「どうって……。名は、おたねといって、まあまあの器量よしでござんすよ。歳は、たしか二十八。ああ、鍾馗松は前の女房を流行病《はやりやまい》で亡くしてまして、おたねは、のち添えの女房で……。たしか堀江町《ほりえちょう》あたりの仲居をしておったとか……。噂でござんすが」

「ふうん……。で、鍾馗松の歳は？」

「この正月に、今年は厄年でい、といっておりやしたから、四十二のはずで……」

四十二歳の男が、二十八の女房と、二十四歳の妾をなあ、と蘭三郎がぼんやり考えていると、山崎が続けた。

「鍾馗松のところに、宗助とかいう男がいるだろう」

「ああ、おりやすね。ご存知かどうか、鍾馗松は、お武家筋や神社仏閣の普請専門で、三十人ばかりの鳶職人を抱える親方でござんす。で、番頭格というか、小頭が二人おりやしてね。宗助は、その一人で、住み込みでござんすよ」

「なに、住み込み。ふん。歳は？」

「さあて、そこまでは……。まあ、三十くれえかな。いえね。米三の親分の手下は、お軽とかいう妾が無理心中で殺された、と知らせるのと同時に、遺体の引き取りをどうするかを尋ねにきたんだが、女房のおたねは、すっかり取り乱していて宗助を呼んだ。すると宗助は、苦虫を噛みつぶしたような顔になり、おかみさんが落ち着かれたら、ようく相談をして、後刻、番所のほうに出向きやす、との返事でござんした」

「なるほど」

山崎が、首をひねる。

蘭三郎は思う。

先ほどの、宗助の不機嫌の元と、いらつきの原因についてである。

親方の妾が間男をした挙句、殺されてしまった。

そして、その遺体を引き取れといわれた。

松之介の女房の、おたねにすれば、亭主に妾がいることだけでも不愉快なのに、そんな状況で殺された妾の遺体を引き取るばかりか、なんで葬儀までしなけりゃならない、と思うのは当然のことだ。

それも、松之介がいれば、本人がなんとか始末をつけようが、当人は旅に出てしまって留守だから、お鉢が番頭格の宗助にまわってきた。

だが、宗助にしてみれば、おたねの胸のうちをおもんぱかれば、そうそう安請け合いはできない。

（そういうことか……）

蘭三郎は納得した。

「なにか、ほかに聞いておくことはないか」

蘭三郎が、山崎に確かめると、

「いや、特には……」

すると、太七がつけ加える。

「そう、そう。米三の親分のところの下っ引きが、鍾馗松が旅に出たときの形貌《なりかたち》を尋ねていましたぜ」

「ほう」

なるほど、下っ引きとはいえ、町方の御用を務めているだけあって、目のつけどころがちがう。

と、蘭三郎は感心した。

話を一方的には聞かず、ことあれば裏をとるためであろう。

「鍾馗松は、町鳶の向こうを張って、めっきと派手な半纏《はんてん》を誂《あつら》えておりやして……。なにか特別のことがありますと、外出《そとで》のときに、そいつを羽織りやす。鍾馗松の二つ名は、背中《せな》に鍾馗さまのくりからを背負《しょ》っているからでござんすが、火事場の町火消装束である刺子《さしこ》半纏に対抗するように、定火消《じょうひけし》の革羽織じゃあねえが、紺色に染めた革半纏、それも七分丈《しちぶたけ》という長半纏の背には、松葉を添えた鍾馗さまの上半身を縫《ぬい》箔《はく》したという、どうにも派手な代物《しろもの》でござんしてね……。そいつを、ぞろりと羽織るといった按配《あんべえ》で……。はい。旅立ちの折にも、その恰好に振り分け荷物、腰には道中差しで、紺の股引に紺の足袋、それに草鞋《わらじ》がけで、頭には江戸笠といった具合だったそうですぜ」

太七も、下っ引きだけあって、事細かに聞かせてくれた。

江戸笠、というのは菅笠《すげがさ》の一種で、やや深めの道中笠である。

しかしまあ、それだけ派手な出で立ちならば、目撃した者も大勢いるだろうから、鍾馗松が江戸を発ち、江ノ島方面に向かったのは、ほぼ間違いはなかろうと思われた。

太七に礼をいい、[とんがり]の女将にも礼を述べて、蘭三郎たちは思案橋の南袂に出た。

「どうやら、結論は出たな」

開口いちばん、蘭三郎はいった。

山崎の出鼻をくじく作戦だ。

「どう結論が出たというのだ」

はたして、山崎は唇を尖らせた。

「おまえは、松之介を疑ったようだが、肝腎の本人は江ノ島遊覧の旅に出ている。それも、いかい派手な恰好でな。犯人であるはずがなかろう」

「いや、しかし……」

「しかし、も、かかしもねぇ。ありゃあ、やっぱり、松屋の手代、常吉が引き起こした無理心中だ」

引導《いんどう》を渡すつもりで、蘭三郎は決めつけた。

「しかし……。いや、かかしではないぞ。常吉の水月と獨鈷に残った痣を、どう説明するつもりだ」

「そりゃあ、昨夜の事件のときのものとは限るまい。それより前に、喧嘩でもして、残った痣だったという可能性もある」

「む、むう」

山崎は絶句した。

「それより俺は、もうこれ以上、よけいな事件に首を突っ込むつもりはねえ。やらねばならぬ稽古が腐るほどある。あすは、午前のうちに剣道場に顔を出し、午後には竹中道場にも顔を出す」

「いや、俺もそうするつもりだが……」

「あさってあたりは、音羽塾にも顔を出したい」

「おう、俺も行く。どうせなら、一緒にまいろう」

作戦が図にあたり、どうやら山崎もあきらめてくれたようだ。

「じゃあ、あすの午後に、竹中道場で……」

いって山崎は堀江町四丁目方向に、蘭三郎は思案橋を渡って南へと、反対方向に別れた。

4

蘭三郎が十軒長屋に戻ったのは、そろそろ八ツ半（午後三時）ごろであった。

「ただいま、戻りました」

表座敷で、普段着のまま読本《よみほん》を読んでいる母に、蘭三郎は帰宅の挨拶をした。

「おや、昼餉《ひるげ》もとらずに、ずいぶんと長いお出かけだったねえ」

それほど不機嫌とも思えぬ声で、母がいう。そういえば、どこへ行くとも告げずに出かけたきりだった。

「はあ、ちょいと、いろいろと」

口を濁した蘭三郎に、

「で、ちゃんと昼餉はとったんでしょうね」

「はい。山崎と一緒に小料理屋で食いました」

実は蘭三郎、母のおりょうから、元服までは店食い、買い食いは控えよ、と申しつけられていた。

だから叱られるのは覚悟で、いささかの嘘を交えて話したのだが——。

「そうかい。友人と一緒なのだから、仕方がないねえ。人づきあいというのも大事だものねえ」

なんだか寛大なことばが返ってきて、

「ところで、あの山崎弥太郎とかいうお人は、竹中道場で同門とは聞いたが、どちらのご子息かえ」

「はあ、養子先の山崎を名乗っておりますが、本人がいうには、勘定奉行の赤井忠晶さまの庶子だそうでございます」

「ほう」

おりょうは、少しばかり驚いたような声を出した。

「友というものは、大切にせねばならぬ。つきあうからには、金子《きんす》も必要であろう。

小遣いが足りないときには、遠慮なくいっておくれ」

「ありがとうございます」

自宅にはじめて、友らしいのが訪ねてきて、母の様子が一変したようだ。

（それは、そうと……）

いつもなら母は、［卯の花］に出勤する支度をしている時刻なのに……。

と、思った蘭三郎だが、

（あ！　そうか）

きょうは十六日、［卯の花］の定休日であった。

普段から、きょうは、どこで、なにをしてきたか、などとはあまり聞かない母であったが、あれこれ尋ねられて困惑するのは必定《ひつじょう》なので、蘭三郎は、そうそうに二階の自室に上がった。

やがて、とんとんと小さな足音がして、おふでが二階に上がってきた。

物干台のほうの洗濯物でも、取り込みにきたのであろう。

「ねえ、坊ちゃん」

物干台のほうに行きかけたおふでであったが、ふと踵《きびす》を返して蘭三郎に近づき、
呼びかけてきた。

「おふで。もういいかげん、俺を坊ちゃん、と呼ぶのはやめないか」

「だって、坊ちゃんは、坊ちゃんだもの」

苦笑しながら、蘭三郎はいう。

「で、なんだ?」

「あの、山崎とかいう人、あたしは嫌い」

「なぜだ」

「だって、えらそうな口を利くし、おしゃべりだもの」

「まあな。きょうはまだ、おまえが相手で、おとなしかったくらいだ。あいつの口の悪さときたら天下一品だぞ」

「やっぱり」

「しかし、悪い男ではないから、そう嫌わんでやってくれ」

おふでは、こっくりとうなずいたあと、

「それでね。あのお軽さんのところの騒ぎを尋ねられたとき、肝腎なことは教えなかったの」

「ほう。肝腎なことというと……」

蘭三郎が尋ねると、おふでは、ぺたんと畳に座り込むと小声になった。

「あのあと、お軽さんの、おうちを見にいったんでしょう」

「ああ、行った」

「なら、気づかなかった？　戸口のところにお札が、ぶら下がっていなかった？」

「ああ、〈最上刑部宿〉と書かれたお札がぶら下がっていた。なんでも、疱瘡除けのお札だということだ」

「そう。そのお札なんだけど……」

おふでは、さらに声をひそめていった。

「あれって、お軽さんが、間夫《まぶ》を引き入れるときの合図なのよ」

「なに？」

十二歳の、おふでの口から、間夫、などということばが――さらり――と出たほうに、蘭三郎は驚いた。

だが、続くおふでの言《げん》に、蘭三郎はさらに驚かされることになる。

おふでが、いうには――。

妾のお軽は、旦那がこない日をあらかじめ知ると、その日の朝には戸口に、〈最上刑部宿〉の札をぶら下げる。

そして、その日の夕刻には、必ず小女のおよねに実家帰りの許可が出る。

「では……。間夫は松屋の手代さんで、薬の入った挟み箱を担いで、日に何回かは、この長屋の前を通るの。それで、お札を見つけると、お店《たな》が閉まったあとに、こっそりお軽さんのところへ忍んでいくのよ」

（こりゃあ！）

驚きもしたが、疑問もある。

「そんなこと、誰から聞いたんだい」

「誰からっていうより、ご近所の、おかみさんやら女中さんやら、長屋の女衆なら、もうずっと前から、みんなが気づいていたわよ。知らないのは、肝腎の、お軽さんと、およね姉さんだけ。こんなこと、いっちゃいけないけど、あのおよね姉さんは、ちょっととろいところがあるのよ。そんなにしょっちゅう、実家に帰してくれる雇い主なんて、そうそうあるわけがないでしょう。それも、決まって入口にお札がぶら下がっている日に限って、だなんて、まるで気づかない、およね姉さんがおかしいのよ」

「ふぅうん」

思わず蘭三郎は、溜息に近い吐息をついた。

「誰も、そのことを、およねには教えなかったのか」

「そんな、池に石を投げ込むみたいなことはできないわ。日々は平らかに、平穏無事が身上ですからね。なにより、見ざる、聞かざる、いわざるが、ご近所つきあいの要《かなめ》なのよ」

誰に教えられたか知らないが、おふでは一丁前のことをいった。

だが、なるほど、ご近所と揉めることなくつきあっていくには、おふでのいうような処世訓が、江戸の庶民には必要かもしれない。

「じゃあ、おふでは、首を吊っていた男が松屋の手代だってわかっていたのか」

「たぶん、そうだろうとは思ったけど、こわくて見ることもできなかったわ。それに、おかしなことしゃべって、番屋に引っ張られる、なんていやだもの」

(なるほどなあ)

口は災いの元、ともいう。

今朝方に集まっていた野次馬のなかには、そういった事情を知っている者もいたかもしれないが、関わりになることを怖れて、沈黙を守ったにちがいない。

(だが、小女のおよねは……)

ほんとうに、お軽の密会を、まったく気づかずにいたのだろう。

永島町の中番屋で、こちらに背を向けて煎餅をかじっていたおよねの姿を、蘭三郎は脳裏に浮かべていた。

5

二日ののち――。

頃合いを見て、蘭三郎は居宅を出た。

護国寺《ごこくじ》領・音羽一丁目にある音羽塾まで、霊岸島の居宅からはおよそ二里半ほどある。

急ぎ足でも、軽く一刻（二時間）は、かかろうという距離だ。

中食《ちゆうじき》は護国寺界隈の食い物屋ですませよう、ということになっていて、山崎弥太郎とは四ツ（午前十時）に八辻《やつじ》ヶ原《はら》の筋違御門《すじかいごもん》で待ち合わせている。

蘭三郎は南茅場町を通り抜け、海賊橋を渡って青物町《あおものちよう》を通り、久方ぶりに日本橋を渡った。

きょうはあいにくの薄曇りで、富士のお山は見えなかった。

だが、江戸随一の殷賑《いんしん》の地といわれる日本橋通りは、相も変わらずいろんな人で溢れ、さまざまな物売りが、それぞれに趣向を凝らして通行人を集めている。

知らず知らずに、蘭三郎の心も浮き立った。

そんな大通りも、やがて八ツ小路《こうじ》とも八つ辻とも呼ばれる広小路で終わる。

神田川は江戸城の外曲輪《そとくるわ》にあたり、向こう岸へ渡る筋違橋は、江戸城外郭二十六門のひとつであった。

それで筋違橋には、枡形門《ますがたもん》を備えた堂々たる櫓門《やぐらもん》がついている。

櫓門の左手川沿いには大番所があって、長柄の槍が立ち並び、番士が詰めていた。

その大番所に近い枡形門の石塁《せきるい》に凭《もた》れるようにして、山崎弥太郎はいた。

山崎とは、きのうも竹中道場で顔を合わせていたから、都合、これで三日も連続で会うことになる。

かつて、なかったことであった。

蘭三郎はすでに、須田町あたりで四ツの最後の鐘音を聞き終わっていたので、

「すまない。待たせたか」

遅参を詫びた。

「なに、さしてのことはない。では、まいろうか」

二人して、筋違門の枡形に入った。

枡形の中に入ると小番所があるが、不逞の輩、と覚えないかぎり、通行人に誰何《すいか》をすることはない。

見付御門なので、明け六ツに門が開き、暮れ六ツには閉じられる橋だ。

〈どんど橋〉とも呼ばれる船河原橋《ふなかわらばし》手前で神田川から離れ、二人は、ときどきことばを交わしながら江戸川に沿って道を辿る。

それから小日向《こびなた》水道町を抜けると、いよいよ護国寺領の音羽九丁目に入る。

音羽の護国寺は、犬公方《いぬくぼう》とも呼ばれた五代将軍の徳川綱吉が、生母の桂昌院《けいしょういん》の願いで建立した真言宗の寺で、仁王門へ至る門前町は、音羽九丁目から一丁目まで延々と続く。

なんでも、京に一条から九条まであるのを模したのだそうだ。

「さて、どこで、なにを食う」

ここまで、一度も足を休めることなく歩き通したせいで、山崎が少し息を弾ませながらいった。

「天麩羅蕎麦で、いいのではないか」

「ふむ。また天麩羅蕎麦か、芸のないやつだ」

「………」

山崎の毒舌に、いちいち、とんがるのにももう飽きた。

「鰻の大蒲焼《おおかばやき》なんかどうだ。一昨日《おととい》は、無理にも俺につきあわせてしまったから、俺の奢《おご》りだ」

奢りだ、といわれても、鰻の蒲焼は、たいそう高価なものだ。

そうそう気楽に奢られるわけにはいかぬな、と蘭三郎は思った。

それで——。

「しかし、蒲焼は、焼き上がるまでに、ずいぶんと時間がかかろう。天麩羅蕎麦のように、ちゃっちゃっとはいかない」

「ほれ、正午の鐘も、まだ鳴らぬ。少々時間をつぶさなければ、本多先生の昼飯どきにぶつかってしまおう」

「あ、それもそうか」

音羽先生と通称されているが、出身は越後《えちご》、本名を本多利明という。

庶子とはいえ、山崎弥太郎は勘定奉行の息子である。

懐も、かなり潤沢そうだから、かまうものか、と蘭三郎は思った。

土地の名物である音羽大福を土産に買ったあと、二人は門前町を北上した。

人通りは、絶えることなく続いている。

多くは、参詣客であろうが、実のところ多くの遊客《ゆうかく》も混じっている。

というのもこのあたり、ちょいと裏通りに入れば悪所が多く、〈音羽〉と聞けば、岡場所を思い浮かべる男たちも多いのだ。

音羽五丁目と四丁目の境に、桂林寺《けいりんじ》という寺へ向かう横丁があり、その寺の一角には御先手与力《おさきてよりき》の大筒、鉄砲の練習場がある。

その横丁の先に、〈大蒲焼〉と大書した日除け長暖簾のある鰻屋があった。

「ここにしよう」

「ああ」

二人して鰻屋に入った。

湊《みなと》源左衛門《げんざえもん》

1

音羽先生こと本多利明は数学者であり、天文学者で暦学者でもあったが、くる人拒《こば》まず、という大らかな人柄で、自らを魯鈍斎《ろどんさい》と号していた。

ところが今年の正月に、築地に住む医師で蘭学者の工藤平助《くどうへいすけ》が、上下二巻からなる『赤蝦夷風説考《あかえぞふうせつこう》』という書を著わした。

このうち下巻は、オランダ語に訳されたドイツ人、ヨハン・ヒュプナー著『地理全誌』第五巻の〈ロシア誌〉を翻訳参考にした研究書であった。

音羽先生は、この写本を入手して一読するや大きな衝撃を受けた。

以来、我が国北端の蝦夷地に思いを馳せて、ついにはのめり込んでいくのである。

挙句には、自分の号を北夷斎《ほくいさい》と改めたほどだ。

さて、ロシアがウラル山脈を越えて、アジアの一画であるシベリアに進出したのは、これより二百年以上を遡る天正《てんしょう》六年（一五七八）のことであった。

以来、ロマノフ王朝は、ところかまわず領土の拡張に血道を上げて、ピョートル大帝の時代、元禄《げんろく》十年（一六九七）には、ロシア兵の姿がカムチャッカ半島に現われている。

そのころ、カムチャッカはアイヌの住むところであったが、ウラジミール・アトソラフが率いる百二十名のロシア兵がアイヌを制して、宝永《ほうえい》三年（一七〇六）には、半島をロシア領とした。

また、これより以前には、アイヌの部落で保護されていた日本人漂流者の伝兵衛《でんべえ》をペテルスブルグに連行して、日本語学校を開かせている。

このときピョートル大帝はすでに、カムチャッカ半島の南に、日本という富める国があることを察知していたのだ。

その一方で、鎖国体制をとる江戸幕府はというと――。

長崎の出島にオランダ船が入港すると、海外の事情を知るため幕府は、オランダ商館長に〈阿蘭陀《オランダ》風説書《ふうせつがき》〉なる情報書類を提出させていた。

そして二年前――。

天明《てんめい》元年に出された〈阿蘭陀風説書〉には、ロシアは日本人漂流者を留め置いて、日本語の稽古をさせている、という一節があったのにもかかわらず、鈍感にも、これを問題ともせずに見過ごしている。

だが、長崎遊学をしている探求心豊かな人々は、この情報に聞き耳を立てて、噂は細波《さざなみ》のように上方《かみがた》へ流れ、この江戸にまで到達をした。

その巷説《こうせつ》を耳にして、日本の北辺ははたして安泰であろうか、と憂慮する者や、ロシアに思いをいたす知識人はわずかながらいて、音羽先生もまた、そんな数少ない一人であった。

なにしろ、ロシアが我が国の言語を習得しようとしている、という巷説を最悪に考えると、近い将来、この国を領有しようともくろんでいるかもしれないのだ。

と、これは北辺の海防を憂慮する者。

だが、音羽先生は、いわゆる実務派の経世家《けいせいか》であって、その根底をなす思想は、いささかちがった。

我が国の人口は、確実に増加している。

すると国内産業の拡大が必要だが、これにはすでに限界があり、人口の増加は際限がない。

　これを補うためには、他国から金銀を取り込む交易が必須であり、ロシアとは大いに交易をすべし、というふうに考えている。

　おおむね、そのような考えの持ち主であった。

　その音羽先生の音羽塾は、音羽二丁目と一丁目を隔てる東側の横丁を少し入ったところの左手にある。

「おや、きょうはずいぶんと、空《す》いているようだな」

　と、山崎がいう。

　昼食を終えた蘭三郎と山崎が午後いちばんに音羽塾を訪ねると、音羽塾の三和土《たたき》には、ごく僅かしか履物がなかった。

　門人にしろ、客人にしろ、多いときには脱いだ履物で三和土が埋め尽くされていることもある。

　特に蘭三郎が初めて、ここを訪れたときには、平秩東作《へづつとうさく》翁が、渡島《おしま》国（北海道南部）松前《まつまえ》藩に実情調査に出かける壮行会の当日だったものだから、履物は重なるように埋め尽くされていたものだった。

　だが、きょうは、わずかに三つの履物があるだけだ。

「まあ、上がろう」

音羽先生には妻子がなく、通いの下女が一人いるだけだから、塾生は、特に訪いも入れず、勝手に上がるのが慣例になっていた。

「先生、よろしいですか」

山崎が、一応は教場になっている一階広座敷の襖ごしに声をかけた。

「おう、入れ」

のどかな声の返事があって、山崎が襖を開けて入る。

「失礼します」

続いて蘭三郎が入り、襖を閉じた。

教場といっても、ここは音羽先生の居間のようなもので、音羽先生の前には、そろそろ五十に近かろうか、という半白髪の武家が一人座っている。

また、そこから少し離れて町人者が一人、こちらは所在なげに茶を啜っていた。

見るところ、音羽先生と談笑をしている武家の家僕か、なにか。供の者とも思えるが……。

蘭三郎は、山崎を見た。

蘭三郎が、この音羽塾に通いはじめて、まだ日は浅い。

一方、山崎は、この塾に二年近くも通っている。

蘭三郎の視線に、山崎は小さく頭《かぶり》を振った。

知らない、ということは、塾生ではなく、客人であるようだ。

蘭三郎たちの姿を認めた音羽先生は、にっこりと笑い、

「まあ、そのあたりに、適当に座りなさい」

と、いう。

適当に座れ、といわれたが、山崎は持ち前の図々しさを発揮して、蘭三郎が提げていた音羽大福の包みを、ひったくるようにして音羽先生に近づき、

「先生、変わりばえもしませんが、二人からの土産です」

「これは、すまぬな。ちょうどよかった。あいにくの下戸《げこ》ゆえ、口さびしい思いをしていたところだ」

にこにこ笑いながら、包みを開けにかかった。

見れば、客人の老武士は、手元に大徳利を置き、ときおり盃を口に運んでいる。

アテはない。

まあ、だいたいにしてこの家は、万事が形式張らないところで、部屋の片隅には煮出した茶を入れた大薬缶《やかん》が置いてあり、その傍らには、さまざまな形の湯呑み茶碗が

山となって積まれている。

塾生にしろ、客人にしろ、勝手に飲めというしきたりになっていた。

そしてそこには無造作に、空になった盛り蒸籠《せいろ》が重ねられている。

昼食に蕎麦の出前をとって、三人で食った模様だった。

「お弟子さんかな」

老武士がいう。

「さようで……」

音羽先生が答える。

「ずいぶんと若い塾生ですな」

「さよう。ここでは最年少になりましょうか。というても、算学や天文学を教えているわけではございませんでな。ただ、こうやって、わたしや塾生たちの話を聞きにまいっておるだけです」

「ほほう。それは頼もしいことじゃ。ここにて話されていることを、聞いておるだけでも、広い世の中のことが知れるというものじゃからなあ」

「さあて、それほどのことではございますまいが……そうだ。山崎に鈴鹿、紹介しておこう。こちらへきなさい」

音羽先生の許しが出て、蘭三郎と山崎は、先生の側に座った。

2

音羽先生がいう。

「こちらにおられるのは、元松前藩の勘定奉行であられた、湊源左衛門さまだ」

「ははあ、松前藩の……、勘定奉行であられたお方で……」

蘭三郎も驚いたが、実父が幕府勘定奉行である山崎は、もっと驚いたかもしれない。

音羽先生が続けた。

「実はのう。ほれ、工藤平助先生が著わされた、例の『赤蝦夷風説考』の上巻だが、そのネタを提供されたのが、こちらの湊さまであったのだ」

「まことですか」

と、これは山崎。

すると、湊源左衛門が答えるに、

「さよう、あれは一昨年のことだが、たまたま松前家中の倅で、藤田玄丹《ふじたげんたん》という者が工藤平助どののところに身を寄せておってな。それが縁で、わしが工藤どのに蝦夷《えぞ》のことなど、あれこれ話しておりますと、まことに興味を持たれましてな。つまるところ、微に入り細にわたって、さよう、かれこれ、三ヶ月ばかりも食客《しょっかく》となって、お世話になりましたかのう」

蘭三郎は、まだ、肝腎の『赤蝦夷風説考』を読んでいないが、熟蝦夷《にきえみし》や麁蝦夷《あらえみし》（ともにアイヌ）のことや赤蝦夷（ロシア人）のことや交易について、かなり具体的に著述されている、と聞き及んでいた。

だが、ネタ元が、松前藩の勘定奉行であったとなれば、大いに納得のできることであった。

音羽先生が、湊源左衛門の話を引き取って、

「そのことを、わたしも聞き及んで、湊さまに是非にと、拙宅へお呼びした次第だ。ついつい話が長引いて、ここにお泊まりいただいて、もう三日目になる、というわけだ」

いって、音羽大福をぱくりとやる。

「ははあ、そういうことですか」

山崎は、しばし首をひねっていたが——。

「失礼ながら、湊さまにお尋ね申したい」

「はて、なんじゃ」

「はい。湊さまは、元は松前藩の勘定奉行とのことでございますが、なにゆえ、この江戸へ出てこられたのでしょうか」

蘭三郎は、思わず首をすくめたいような気分になった。

初対面の人物に対して、なかなか、そのように立ち入った質問はしにくいものだ。

はたして湊源左衛門は、

「うーん」

と、低く唸った。

すると音羽先生が、助け船を出してきた。

「湊どの。実は、この山崎という者の実父は、公儀勘定奉行の赤井忠晶さま、でございましてな」

「ほほう」

湊は、しばらく口をあんぐり開けて山崎を見ていたが――。

「さようか。では、まあ、隠してもはじまらんのう。ふむ。どこから話せばよいかのう」

しばし考えをまとめるように、思案ののちに、こう切り出した。

「両浜組《りようはまぐみ》と申してのう。松前藩にて蝦夷《えみし》（アイヌ）と交易する利権は、ずっと昔より近江《おうみ》商人が独占しておった。そんな折も折、飛驒《ひだ》の商人で、江戸にて材木店なども営む飛驒屋というのが、元禄のころ、エゾマツの伐採をさせてほしいと、繰り返し願い出てきた。まあ、ずいぶんと要路に金もばらまいてなあ」

ちょうどそのころに……と、湊源左衛門の話は続いた。

松前藩においては、それまで藩庫を潤してきた砂金や鷹が底をついて、また藩主と公家《くげ》の娘との婚姻のかかりに大金を要し、とうとう手元が不如意になった。

そのため、ついには藩主の江戸参府かなわず、と幕府に届け出るほどに窮した。

それで、賄賂を贈る飛驒屋から、金品を搾れるだけ搾り取ったうえで、享保《きようほう》四年（一七一九）に、東蝦夷地の臼山《うすさん》でのエゾマツ伐採の許可を与えた。

「飛驒屋は、さらにサル（沙流）やクスリ（釧路）、さらには西蝦夷のイシカリ、ユウバリ方面などへも事業を拡大して、まあ我が藩庫もエゾマツ伐採や蝦夷檜《えぞひのき》の伐採の運上金で潤ったのだが、それでもなお、飛驒屋は、そうとうに儲かったようだ」

そうして［飛驒屋］が独占してきた、エゾマツの伐採権だが、これを狙う、商売敵《がたき》が現われた。

それが嘉右衛門《かえもん》といって、その裏には、江戸の材木商である［新宮屋《しんぐうや》］というのが金主として、ついていたそうだ。

「嘉右衛門も、また、ずいぶんと派手に金をばらまいてくれてのう」

楽しげに話す湊に、蘭三郎は、

（なるほどなあ……）

幕府老中の田沼意次《たぬまおきつぐ》も、世間では賄賂政治家と悪評が出はじめているが、ここも、いずこも、政治に賄賂は付き物であるらしい。

しかし、湊の話そのものはおもしろいし、知らぬ世界を覗いている心地がして、わくわくした。

結局のところ、嘉右衛門の謀略によって［飛驒屋］は伐採権を奪われてしまった、という。

湊が続ける。

「そんななか、明和《めいわ》三年（一七六六）の一月に大地震があって、松前の城下は大きな被害を受けた。また悪いことは重なるもので、その年の三月には江戸の下谷《したや》で火災があって、新寺町《しんてらまち》の江戸上屋敷が類焼した。そこで、先ほどもいうた、嘉右衛門の金主である新宮屋に金を無心して、江戸上屋敷の普請や、幕府払い下げ米の調達を命じた。ところが新宮屋は上屋敷の普請費用は受け持つけれども、他については、なにやかやと要求をつけてきた。まあ、それから、なにかとごたごたが続いてなあ」

湊が口を濁したところをみると、そうとうに複雑に揉めたようだ。

「で、なんのことはない。再び飛騨屋が伐採権を得て復帰した。すると、またぞろ、嘉右衛門が動き出す。そしてまたまた嘉右衛門が逆転して伐採権を奪い取る。とうとう飛騨屋はぶち切れて、本店のある、天領飛騨高山代官所に訴え出たというわけよ」

それが安永《あんえい》八年の暮れ（一七八〇・一月）のこと、というから、四年ばかり前のことだ。

「公儀の裁決には、かれこれ二年ほどもかかり、結局は飛騨屋が勝訴した。そして嘉右衛門には死罪が申しつけられ、拙者を含めた他の藩士たちの処分は、松前藩の預かりとなった。で、拙者は責任をとらされ、御役召し上げのうえ、改易、国外追放の身とはあいなった。それゆえ、この江戸に出てきたという次第じゃ」

「ははあ……」

説明を終えた湊源左衛門に、山崎は大きく溜息をついたのち、

「いやあ、それはさぞかし、ご苦難でありましたろうなあ」

しみじみとした声でいう。

答えて湊は、

「なに。浪々の身とはいえ、煩わしさからも解放されて、今となっては、負け惜しみなどではなく、かえってよかったなあと感じておる。で、そこにおるのは善吉《ぜんきち》というて、国許での使用人であったが、嬉しいことに、このわしをこの江戸まで追いかけてきてくれて、なにかと世話を焼いてくれるしのう」

湊が視線をやった先で、無聊《ぶりよう》を託《かこ》ちながら茶を啜っていた男が、蘭三郎たちに向けて、ぺこりと頭を下げた。

「ところで山崎さんとやら……」

今度は湊のほうから、話を切り出した。

「そなたのご実父は、公儀の勘定奉行と聞いたが、勘定奉行というのは重職ゆえに理不尽ながら、なにごとかあれば割を食うことがある。たとえば、公儀の勘定奉行であった荻原重秀《おぎわらしげひで》ほどの優秀な男でも、罷免され俸禄を召し上げられる、という憂き目に遭ったような例もあるからなあ」

「ははあ」

対して山崎は深くうなずいたが、実のところ蘭三郎には、なんの話かが、よく分からなかった。

湊が、例にあげた荻原重秀というのは、二百俵の貧乏旗本の次男から身を起こし、その才覚をもって元禄の時代に勘定奉行に昇進した俊才である。

五代将軍、綱吉時代の後半の幕府財政を掌中にして辣腕《らつわん》をふるい、数々の業績を残して、ついには三千七百石を領するまでになった天才官僚だった。

ところが、その独創的な考えを、六代将軍・徳川家宣《いえのぶ》の侍講《じこう》にすぎなかった新井白《あらいはく》石《せき》には、まるで理解ができず、逆に妬《ねた》んだ挙句、激しい弾劾を繰り返した。

また、白石に同調する一派もあって、重秀は正徳《しょうとく》二年（一七一二）に勘定奉行を罷免されて俸禄を召し上げられ、その翌年には、五十六歳で謎の死を遂げた、という悲劇の人である。

また重秀の嫡男、源八郎《げんぱちろう》には、かろうじて七百石の相続が許されたのだが、刻苦精励して佐渡奉行に着任、だが赴任先の佐渡で、これまた謎の死を遂げている。

まあ湊としては、自分の境涯を荻原重秀に置き換えて、政治の中枢にある者の危うさ、というものを語りたかったのかもしれない。

しかし、このときの湊の一言が、まるで予言のように赤井忠晶の身に降りかかり、また山崎弥太郎にも降りかかるのだが、これはのちの話となろう。

音羽先生に湊源左衛門、それに山崎に蘭三郎と、しばし蝦夷談義に花が咲いていたのだが――。

いきなり天井裏から、異様な音が響いてきた。

ネズミにしては、音が大きすぎる。

もっと大きな獣が駆け抜けたようだ。

「今のは、なんじゃ」

湊が天井を見上げて、驚いた声を出した。

「ハハハ……」

音羽先生は、声を上げて笑い、

「いや。いつからかは判然としないのですが、どうやら、我が家にイタチが棲みついているようでしてな。いったい、どこから出入りしているのか分かりませんが、ときおり、あのように騒ぎますのじゃ」

まるで意に介さない、というか、他人《ひと》ごとのようにいって、また、アハハと笑う。

(ん……!)

このとき蘭三郎に、なにやら閃くものがあった。

3

江戸の町火消は町奉行の指揮下に置かれ、火消人足の全体を統率する者を、頭取《とうどり》と呼んだ。

頭取は一番組から十番組の中から数人が選ばれて、一老、二老、お職《しょく》と三階級に分かれ、なかでも、お職は江戸じゅうに名が通る顔役であった。

ところで、霊岸島を分担する町火消は、二番組のうちの千組《せんぐみ》で、その火消人足の総数は、およそ二百人ほどだ。

二番組というのは、いわゆる大隊で、千組は、その下部組織であって、それを統率するのは頭《かしら》とか、組頭《くみがしら》と呼ばれる隊長格であった。

その千組が受け持つのが、箱崎町《はこざきちょう》、北新堀町《きたしんぼりちょう》、南新堀町、銀町《しろがねちょう》、東湊町、ほか霊岸島あたり。ほぼ、ひとつひとつの町に、町抱えする町鳶《まちとび》がいる。

蘭三郎が住むところの町鳶は、長崎町二丁目町会所の隣りの［鳶雅《とびまさ》］で、鳶頭の名は雅太郎《まさたろう》といった。

例の十軒長屋での事件のとき、雨戸を破ったあの町鳶である。

音羽先生のところから戻った翌日、蘭三郎はその［鳶雅］を訪ねた。

というのも、きのう音羽先生のところで、天井裏で暴れるイタチの音を聞いたとき、蘭三郎のうちに、にわかに記憶がよみがえったためだ。

あの十五夜の夜、あれはたしか五ツ半（午後九時）ごろであったが、天井裏から、ミシリという音を聞いた。

一時は不審を抱いたが、そのあと猫の鳴き声を聞いたものだから、てっきり猫だろうと決めつけてしまったが、よくよく考えれば、あの身の軽い猫が、ミシリと軋むような音を立てるはずがない。

ならば……と考えを進めていくと、あれはもしや天井裏を人が通ったためではないか、と思えてきた。

もちろん山崎にそんなことをいうと、また厄介なことになるので話してはいない。

自宅に戻ったあと、蘭三郎は自分の仮説に間違いがないか、みっちりと十五夜の夜のことに思いをめぐらし——。

（もし、あの音を立てたのが人間だとしたら、その人物こそが、お軽や、松屋の手代の常吉を殺害した真犯人ではないか）

と、思いをいたすようになった。

ならば、そのことを米三の親分に教えねばならぬ。

と、思った蘭三郎だが、さらに熟考を重ねている。

蘭三郎が、天井裏からミシリ、と軋むような音を聞いたのは、わずかに二度か、三度。

それだけのことで、米三の親分が本気で腰を上げてくれるかどうか、どうにも心《こころ》許《もと》ない。

それで、まず蘭三郎は［鳶雅］を訪ねたのであった。

［鳶雅］の土間も広いが、三日前に訪ねた小網町の〈は組〉同様に、土間のほとんどは纏や火消道具や竜吐水で埋まっていた。

千組の纏は二重馬簾《ふたえばれん》に駒形で、印物《しるしもん》と呼ばれる半纏は、釘抜きつなぎ総形《そうがた》模様、背の朱窓には〈千〉の背文字がある。

この半纏を見るだけで、たとえ字が読めない者でも、どこの組の、どういう役の火消か、ということが分かるように工夫が凝らされていた。

「こりゃ珍しいの、蘭三郎さん。ところでおいらに尋ねてえことってのは、いったい、なんでぇ」

取次に出た若い町鳶に来意を告げると、頭の雅太郎が土間先に出てきた。

三十そこそこで、町の人々からは〈四代目の親方〉とも呼ばれている鳶頭だが、蘭三郎とことばを交わすのは、これが初めてであった。

もちろん道ですれちがうときには、軽く会釈はしていたのだけれど……。

「はい。ちょいと訳がございまして、町鳶のことを、あれこれ教えてもらいたい、と思いまして、かく参上した次第です」

蘭三郎は、極力、丁寧なことばづかいを心がけた。

「ふうん。なあに、そんなにしゃちほこばらなくても、いいってことよ。町の衆あっての町鳶だ。遠慮はいらねえ。まあ、ちょいと上がんねぇな」

「いえ、この土間先にて十分でございます」

座敷に上がれと勧められたが、固辞をした。

「そうかあ。じゃあ、まあ、ここの上がり框にでも、お座りよ」

「ありがとうございます」

礼を述べ、上がり框に腰を下ろした。

蘭三郎が知りたいことは、はなはだ漠然としていた。

というより、いきなり核心を衝くのには、いささか躊躇《ためら》われる内容であった。

そこで、まずは、いろいろと教えてもらいながら糸口を見つけ、さらには……というような作戦を立てていた。

まず蘭三郎は、こんな質問から入った。

「実は、いつも不思議に思っていたのですが、町鳶の衆は、必ず真っ白な手拭いを、肩にかけたり頭に乗せたり、腰に下げたり、手に持ったり、と肌身離さずにおられますが、これにはなにか、訳でもございますのでしょうか」

すると雅太郎は大きくうなずいて、左肩に引っ掛けている手拭いを指さして、

「こりゃあ、よく観察が行き届いたもんだ。へい、ご質問のとおり、鳶に純白の木綿手拭いは付き物でござんすよ。いやあ、それをおいらに尋ねなさったのは、蘭三郎さんが初めてだ。へえ、もちろん、これには訳がござんす」

いうと雅太郎は左肩の手拭いを取ると、それを三角折りに折りはじめ、ちょうど鳶《とんび》の嘴《くちばし》みたいな形になったのを、ひょいと自分のちょん髷の上にかぶせた。

「へい。これを〈城内かぶり〉といいやしてね。いざ、喧嘩というときには、この〈城内かぶり〉の上から向こう鉢巻をキリッと締めて、飛び出していくという按配でさあ」

「ははあ」

「じゃあ、なぜ〈城内かぶり〉というかと申しやすと、かれこれ三十数年前の延享《えんきょう》

四年（一七四七）のことでござんすが、俺っち町鳶の者にも江戸城内の火消を許されることになり、いざ江戸城に入《へえ》るにあたっては、ねじり鉢巻じゃあ、いかにも畏れ多い。でもって、こんなかぶり方を捻り出したってえわけでござんしてね。以来、白手拭いは城に通ず、ってぇ訳でもねえでしょうが、まあ、町鳶の誇りの象徴ともなった、という次第でさあ」

四代目の親方は寄席《よせ》好きだ、とは聞いていたが、まるで講釈師のように、淀みなく説明をしてくれた。

「なるほど、そのような訳があったのですか。いやあ、腑に落ちました。ありがとうございます。ところで……」

「なんでぇなんでえ。なんでも、遠慮なく尋ねてくんな」

「はい。それでは遠慮なくお尋ねいたしますが……」

蘭三郎の目は、雅太郎の帯にとまった。

帯の結び目は、普通なら後ろで結ぶものだが、雅太郎の場合は前結びであった。

その点を尋ねてみると――。

「こりゃあ、いいところに気づきなすった。鳶は必ず、帯をこんなふうに結びやす。

それも、片方の端を引っ張れば、するするっとほどけるような結び方をしていやすんで……。というのも、実はこの帯も、火事場では立派な道具になりやす。使い方はというと、この帯を水で濡らして、家の梁に引っ掛けて屋根に上ったり、火事場で逃げ遅れた人を助け出したりと、へい、特別頑丈に、帯の長さや幅も、そのために都合のよいように作らせているようなわけでござんすよ。うちの若《わけ》ぇもんも、日ごろから、抜かりなくその修練を積んでおりやすぜ」

（これだ！）

幸運といおうか、思いがけなくも、それまで漠然としていた蘭三郎の琴線《きんせん》が掻き鳴らされていた。

湧き上がってくる小さな昂奮を抑えつつ、蘭三郎は感心していう。

「なるほど、それで前結びにしているのですか。いや、その帯が、そんなふうな使われ方をするとは思いませんでした」

「うん。火事場見物をする機会があったら、まあ、見てみねえな。帯を梁なんかに巻きつけて、するするっと屋根に上るところが実地に拝めますぜ」

雅太郎親方が、少し鼻をうごめかせながらいう。

「いや、いい勉強になりました。ほんとうにありがとうございました」

「おや、もういいのかい」

「はい。これで、すっきりいたしました」

「そうかい。そりゃあよかった。まあ、これを機会に、ちょくちょく遊びにおいで」

「はい。ありがとうございます」

深ぶかと頭を下げて、蘭三郎は［鳶雅］を出た。

4

（さて……）

米三の親分は霊岸島の南端、東湊町二丁目の〔米屋〕という蕎麦屋の亭主だ。

もっとも岡っ引き稼業に忙しく、店の切り盛りは女房にまかせていた。

［鳶雅］を出た蘭三郎は、道を西へととりながら考える。

十五夜の夜に、天井裏を通ったのが真犯人ならば、それはおそらく、お軽を妾に抱えていた鍾馗松ではないか。

山崎も、そう主張していたし……。

蘭三郎は、次のようなことを考えていた。

鍾馗松は、江ノ島遊覧の旅に出ると身内にも伝え、実際に今月十五日の朝には家を出ている。

そして、しばらく江ノ島遊覧に出かけることは、たぶん、お軽にも伝えておいたのだろう。

それで、お軽は安心をして戸口の横に、例の〈最上刑部宿〉のお札をぶら下げて、松屋の手代である常吉を引き入れた。

そのとき鍾馗松は、江ノ島などには向かわず、秘かにお軽の家を見張っていた。

鍾馗松が、どんな手口でお軽の家に侵入したかまでは分からないが、鳶の親方ならば、いろんな侵入方法を知っていたと思われる。

そして、まずは常吉を昏倒させた。

常吉の水月と獨鈷に残っていた痣は、そのときのものだと思われる。

それから次には、台所に逃げたお軽を追いつめ、出刃で刺し殺した。

お軽は、悲鳴くらいは上げたかもしれないが、あいにくなことにその夜は仲秋の名月で、両隣りともに、稲荷河岸《とうかんがし》に月見に出かけていた。

それから鍾馗松は、水瓶に手を突っ込んで手についた血糊を洗い、返り血のついた着物を脱いだのではないか。

台所以外に、不審な痕跡を残さぬためだ。

次に鍾馗松は、気を失っている常吉を鴨居に首吊りをしたようにぶら下げたあと、人気《ひとけ》のないのを確かめ雨戸を閉《た》てて、内側から桟を、さらには腰高障子も閉めて、内側から桟を下ろした。

最後の仕上げとして、先ほど脱いだ着物をお軽の血溜まりにつけ、もはや息絶えてぶら下がっている常吉の着物になすりつける。

と考えれば、南町同心の中島兵三郎が首を傾げていた、

——常吉の着物の胸から腹のあたりにかけて、べったり血糊がついていた。

という状況が、まさにできあがるではないか。

それから鍾馗松は、血潮で汚れた着物を風呂敷かなにかにくるんで、首に巻き、帯を道具に鴨居へ昇り、天井の羽目板をはずして屋根裏へ……。

鍾馗松は町鳶ではないが、鳶職人の親方だから、当然、帯を道具にする技は会得していたはずだ、などと思いながら蘭三郎は——。

(それにしても、あの山崎……)

新和泉町の［河内屋］の事件のときには、そこの養子の清太郎が怪しい、と言い出して、結果としてこれは大当たり。

またこの度は、鍾馗松が怪しいと言い出した。

（あやつ、奇妙な才能の持ち主かもしれんな）

改めて蘭三郎は、山崎の慧眼《けいがん》に感心していた。

周囲を入堀で取り囲まれた、越前福井藩《えちぜんふくい》の松平越前守の中屋敷の、南西の角を曲がれば東湊町二丁目である。

霊岸島の七不思議のひとつに――。

米屋という蕎麦屋

というのがあるが、これこそ、米三の親分の蕎麦屋で、松平越前守中屋敷の正門から入堀に架かる橋の、ちょいと手前に〔米屋〕がある。

幸いなことに〔米屋〕に米三の親分は在宅していた。

昼にはまだまだの、職人が蕎麦を打っている時間帯なので、客は一人もなく、米三こと、〔米屋〕の二代目三左衛門は、奥の小上がり座敷で、一人ぽつねんと煙草を喫していた。

「よう、珍しいの」

親分は、目も鼻も耳も口も、すべてが並以上に大きいアクの強い顔を笑わせて、

〔鳶雅〕の頭と同じようなことをいった。

つい四日前に、永島町の中番屋で会ったばかりだから、蘭三郎が〔米屋〕に顔を出したことをいっているのだろう。

そういえば、〔米屋〕に入るのは、これが蘭三郎には初めてのことだった。

「実は、先日の事件のことで、お伝えしておかねばならないことができまして」

蘭三郎がいうと、

「ほう、なんだろう。まあ、上がりねえ」

「では、お邪魔をして……」

履物を脱いで、小上がり座敷に上がって向かい合う。

「つい、うっかりしておったのですが……」

仲秋の名月の夜の五ツ半（午後九時）ごろ、天井裏からミシリと軋むような音を聞いた、と蘭三郎は話したが――。

「ふうん。ネズミかなんかじゃあ、ねえのか」

思ったとおり、米三の親分の反応は鈍かった。

「いえ、いえ、ネズミなら、しょっちゅうに天井裏を走りますが、あんな音ではありません。ミシリと軋んだ音を出したのは、おそらくは屋根裏の梁で、つまりは賊の重さで軋んだのではないかと思うのですが」

「なに、賊だと……」

煙管《キセル》に刻み煙草を詰めかけていた三左衛門の手が止まった。

「実は、勝手ながら、こうではなかったか、と考えたのですが……」

そのあと蘭三郎は、自分の考えたことを、一気呵成《いっきかせい》に話しはじめた。

「うーん」

いつしか三左衛門は、煙管に刻み煙草を詰めることも忘れ、ときおりは唸って、だんだんに真剣な表情に変わってくる。

蘭三郎が、すべてを話し終えると、もう一度、「うーん」と唸って、ようやく我に返ったように刻み煙草を詰め、傍らに置いた煙草盆の火入れから火を移し、一服しながら、こういった。

「しかし、俺っちの子分が小網町の鍾馗松のところから聞き込んできた話だと、鍾馗松は、えらく派手な革半纏を着込み、振り分け荷物に道中差し、と、とんでもねえ恰好で旅立ったというぜ。それじゃあ、あまりにも目立っちまうだろう」

「さあ、そこのところです。鍾馗松の振り分け荷物の中には、ごくごく目立たない着物が入っていて、鍾馗松は、どこか人目のない場所で、それに着替えた。それから旅の道具類を隠し、日も暮れたころに十軒長屋の近くに現われた」

「なるほど……」

「で、すべてが終わったあとは、天井裏を伝って、どこか明かり取りの天窓が開いているところから屋根に出る。そのあとは、なにしろ鳶ですから、屋根から下りるなんてのはお手の物、隠していた荷物を身につけて、そのまんま、ほんとうに江ノ島まで出かけたってぇ寸法ではないでしょうか」

「ふうむ。そりゃあ、考えられないでもねえがなあ」

三左衛門は、眉間に皺を寄せながら、ポンと灰吹き竹に煙管を打ちつけた。

「で、ご相談なんですが、事件現場のお軽の家を、もう少しくわしく検分すれば、わたしがいったことを裏づける痕跡が見つかるはずなのですが……」

「おっ、そうだな。試してみる価値はある。じゃあ、さっそくいこうか」

「はい。梯子《はしご》に龕灯《がんどう》が必要になります」

「分かってらい。おい、おとよ、おとよはいるかい」

米三の親分が怒鳴ると、調理場のほうから、下働きらしい中年女が飛び出してきた。

「やあ、おとよ、ちょいと町会所まで走って、梅次《うめじ》と和助《わすけ》に急いでくるようにと伝えてくんな」

「へえ」

さっそくに、おとよと呼ばれた中年女が店を飛び出していった。

それを見ながら、米三の親分がいう。

「梅次に和助というのは、俺の子分でな。いつも、ここの町会所で、とぐろを巻いていやがるのさ」

米三の親分が、この〔米屋〕で、のほほんとしており、その子分たち、すなわち下っ引きが、町会所でとぐろを巻いているということは――。

(どうやら、あの事件は、無理心中ということで決着がつきそうだった、ということか……)

蘭三郎は、そんなふうに見当をつけながら、ひとつ尋ねた。

「ところで、お軽さんの遺体は、ちゃんと引き取られたのでしょうか」

「おう。あの日の夕刻になって、鍾馗松のところの若い衆が、大八車に棺桶を乗せてきて、夜になるのを待って本所、御船蔵裏にある西光寺《さいこうじ》っていう寺へ運んでいったそうだ。まあ、この江戸に、お軽の係累はいないということだったから、無縁仏になっちまったんだろうなあ」

「そうですか」

簡単な仏事があったあとは、どこかで荼毘《だび》に付され、寄せ墓にでも葬られたのであろう。

お軽という女と顔を合わせた覚えはないが、ふと哀れを感じる蘭三郎であった。

おふでの災厄

1

お軽の家を徹底的に検証した結果、蘭三郎の考えが正しかったことが証明された。

まず、お軽の家の鴨居には、うっすらと埃が積もっていたのだが、常吉がぶら下がっていたところとは別の位置で、四寸（約一二㌢）ほどの幅にわたって、きれいに埃が拭《ぬぐ》われていた。

さらには、その近辺で、埃は斑《まだら》に乱れていた。

しかも四寸幅のほうは、うっすら赤みがかった着色が認められる。

蘭三郎はいった。

「下手人は血で汚れた手を、水瓶に直接突っ込んで洗ったため、水瓶の水は赤く染まっていたと聞きました。おそらくその水で帯を濡らして使ったため、血の成分が、その鴨居に移ったのだと思います」

　答えて、米三の親分。

「なるへそなあ。それに、ちげぇはあるめえよ。しかし四寸幅というと、ご婦人方の半幅帯《はんはばおび》に相当するなあ。なにしろ四寸帯とも呼ぶからよ。男帯だと、だいたいが二寸五分……。角帯《かくおび》だって、三寸ちょいだ」

「町鳶の場合だと、火事場で絡《から》げ縄として使うので、幅も長さも特別なものを使うのだと、鳶雅の頭《かしら》に教えてもらいました」

「つまりは、こうか。帯を水に濡らして鴨居に絡ませ、下手人は帯にぶら下がって鴨居に取り付き、よじ上って、埃をあんなふうに乱した。それから天井《へぇ》の羽目板をはずして、と……。おい、梅次、そこらの羽目板をはずして、天井裏に入ってみろ。龕灯の灯りを忘れるんじゃねえぞ」

　梯子の途中にいる、下っ引きの梅次に命じた。

「へい、合点《がってん》！」

　天井の羽目板は、下から押し上げるだけで簡単にはずれる。天井裏の梁に取りついたら、元に戻してしまえば、そこから賊が天井裏に入ったなどとは、誰も気づかない。

もう一人の下っ引き、和助が龕灯の蠟燭《ろうそく》に火を入れて、梅次に手渡した。

梅次は、はずした羽目板に頭を突っ込み、しばらくの間、ごそごそとやっていたが、やがて梯子を三段ばかり下りてきて振り向き、

「親分、梁の上にも埃が積もっておりやすが、そこに点点と……へえ、ありゃあ、人の足跡に間違いござんせんよ」

「こうっと！」

米三の親分は、ポンと掌の先で自分の額を叩くと、蘭三郎を見た。

「いやあ、こりゃあ、まいった。蘭若《らんわか》さまの睨んだとおりだ」

いつのまにやら、蘭若さまになった。

さらに続ける。

「いやあ、中島の旦那が、とても無理心中とは納得しかねるってんで、まぁだ顚末書《てんまつかき》上《あげ》を書きなさらねえ。蘭若さまもさすがだが、古参だけあって、中島の旦那もさすがだねえ。俺なんか、とっくに、ありゃあ無理心中だと決めてかかっていたぜ」

「いえいえ、わたしが悪いのです。仲秋の名月の夜に聞いた天井裏の物音を、事件に結びつけられずに忘れていたせいです。せめて、永島町の中番屋に顔を出した際に、そのことを中島さまのお耳に入れておれば、きっと中島さまが気づかれていたでしょ

う」

謙遜ではなく、蘭三郎は答えた。

米三の親分の検証は、さらに続いた。

下手人の逃げ口は分かった。

蘭三郎が考えたように、天井の羽目板をはずして、屋根裏の梁の上を進んで、十軒長屋のいずこかの家で、天窓を開いて屋根に出たのだ。

明かり取りの天窓は、横に渡した数本の丸竹を介して、麻紐を使って開閉するが、それではなぜ、下手人はお軽の家の天窓から脱出しなかったのか？

そのような疑問から、お軽の家の天窓を調べたところ、丸竹の一本がへし折れて、開閉不能になっていた。

米三の親分がいう。

「なるへそ。下手人の侵入口は、ここだな。丸竹にぶら下がって、下へ下りようとしたところ、傷《いた》んでいたか、重さに耐えきれなかったのか、ペリンと折れちまって脱出口には使えなかったってことだ」

こうして、事件の全容は、大方のところが浮かび上がってきた。

あとは、下手人が、はたして鍾馗松であるかどうかだが、ここまでくれば、もう蘭三郎にはそれ以上、首を突っ込む気などはさらさらない。

あとは南町同心の中島兵三郎と、その手先、米三の親分の仕事であった。

こうして蘭三郎は、再び日常を取り戻したかに思えた。

来月におこなわれる、竹中道場の〈格付銓衡〉に備え、蘭三郎は精を出して道場通いをしはじめた。

山崎もまた、昇級を狙っているのか、熱心に通ってくる。

その道場からの帰り道――。

「なあ、なあ」

山崎が呼びかける。

またぞろ、十軒長屋の事件を持ち出されるか、と蘭三郎は辟易《へきえき》する。

といって、十軒長屋の事件が解決すれば、それに関与した蘭三郎のことも、いずれは山崎の耳にも入ろう。

そうなれば、どんなに詰《なじ》られるか、知れたものではない。

蘭三郎が窮していると、山崎は、

「実はな。俺の元服の日取りが決まった」

「お、そうなのか。いつだ」

話題が、ちがったので現金なもので、蘭三郎の声が元気になった。

「うむ。重陽《ちょうよう》の節句だ」

「そいつぁ、めでたい。だが、もうあまり日がないではないか」

重陽の節句は九月の九日、古来より奇数は縁起のよい陽数とされて、なかでも九月九日は、最も大きい陽数が重なる日だから盛大に祝われた。

現代では、菊の節句とも呼ばれているが、江戸のこの時代、蘭の花が咲きはじめる時期にあたって、蘭の節句とも呼ばれていた。

「いやあ、それゆえ、羽織袴の新調や……、うむ。めったやたらに忙しい」

今や山崎弥太郎の関心は、元服の準備に向いているようだ。

「いや。とにかくめでたいことだ。そうか。そうなると、音羽塾では俺一人だけが、前髪立ちということになってしまうな」

「まあ、そんなことは気にするな。おまえがくるまでは、俺一人が前髪立ちだったわけだし、なに、いずれはおまえも元服をする日がくるではないか」

「それは、そうだが……」

だいたいに元服は、十五歳が目処《めど》になっているが、町方同心の嫡男のうちには、早くから見習いになって仕事を覚えるため、十二歳や十三歳で元服する者も多い。

(はたして、俺は……)

いったい、いくつで元服できるのだろうか。

そんなことを、ぼんやり考えはじめた蘭三郎に、

「じゃあ、ここで。あすも道場で会おう」

「ああ、また、明日《あした》な」

気づけば、そこは高砂橋《たかさごばし》袂で、軽く右手を挙げた山崎は川端の道を右に折れ、西に向かって去っていく。

山崎の家は新和泉町の横丁を左に折れたところにあるが、曲がらずまっすぐ進んでいくと、[中村座《なかむらざ》]があり[山村座《やまむらざ》]がある芝居町へと続くのである。

2

この年の秋彼岸《ひがん》の入りは、八月二十四日。

彼岸の中日《ちゅうにち》(秋分の日)は二十七日、彼岸明けは九月一日で、締めて七日間の彼《ひ》岸会《がんえ》が続く。

その彼岸の入りを明日に控えた二十三日、竹中道場での稽古を終えた蘭三郎が、十軒長屋に帰り着いたのは、陽も傾きはじめた七ツ（午後四時）過ぎであった。

戸口を開けて、「ただいま」と声はかけたが、この時刻、母のおりょうは、すでに［卯の花］へ出勤しており、家にいるのは、おふでだけのはずだった。

それでそのまま、二階に上がろうとした蘭三郎は、ふと足を止めた。

奥から、啜り泣きのような声が聞こえてくる。

（…………？）

訝《いぶか》しんだ蘭三郎が、一階表座敷を抜けて襖を開けると、四畳半の座敷の奥、台所に下りる際《きわ》のあたりで、おふでが背を向けたまま肩を震《ふる》わせている。

両手で顔を覆って、泣いているようだ。

これまで蘭三郎は、おふでが泣いているところを見たことがない。

（よほどのことが、あったようだ）

「どうした、おふで」

蘭三郎が声をかけると、おふではぴくり、と両肩を上げてから振り向いた。

思ったとおり、頬が涙で濡れている。

「お父っつあんが……」

いって、おふでは、また涙にくれる。

「落ち着け、おふで。お父っつあんが、どうした。いや、その前に、大きく息を吸い込み、ゆっくりと吐き出すのだ」

動転しているときには、それに限る。

おふでが、蘭三郎のいうとおり大きく息を吸って、ゆっくりと吐き出した。

それから、いった。

「つい、さっき弟がきたの」

「ん？　おまえに弟がおったのか」

「だから、坊ちゃんは、なんにも知らないっていうの。あたしには弟が二人いて、上が石太郎《いしたろう》といって十一、下が金太郎《きんたろう》といって九つよ」

落ち着いてくれたのはいいが、突っかかるようにいう。

「分かった。なんにも知らない俺が悪い。それよりお父っつあんが、どうしたというのだ」

「それが、三四《さんし》の番屋に引っ張られていった、というの」

「なに」

八丁堀近辺に点在する中番所はいくつかあるが、なかでも〈泣く子も黙る〉と怖れられているのが三四の番屋であった。

「なぜ、おまえのお父っつあんが、そんなところに引っ張られたんだ」

「石太郎がいうには、同じ長屋に才吉《さいきち》という人がいるんだけれど、きょう、死んじまったんだって。それを、お父っつあんが殺したんだ、と疑われて縄付きになったっていうの。そんなの嘘よ、お父っつあんは、そんなことしない」

また感情が昂《たか》ぶったのか、おふでは泣き崩れてしまった。

蘭三郎はいった。

「おふで、落ち着いて、よく聞くんだ。とにかく、もう少しくわしいことを、俺が調べてきてやる。だから、落ち着いてな。ここで、おとなしく待っているんだぞ」

するとおふではこくんとうなずいた。

「それで尋ねるんだが、おまえの長屋はどこにある」

「小松町《こまっちょう》の甚平店《じんべえだな》」

「ふむ。小松町の甚平店だな。ところで、その小松町というのは、どのあたりだ」

いくら江戸に住んでいるからといって、知らない町もある。

「本材木町なら分かる?」

「ああ」

「本材木町の二丁目と三丁目の境のところを、通《とおり》二丁目のほうへ入ったあたりが小松町」

「なんだ。三四の番屋の、すぐ近くじゃないか」

「…………」

三四の番屋は、本材木町三丁目と四丁目の境目の河岸にあるから、そう呼ばれる。

「よし。じゃあ、できるだけくわしいことを調べてきてやるから、待ってろよ」

いって蘭三郎が、戸口の三和土《たたき》で履物に足を突っ込みながら――。

(や!)

思わず動きを止めた。

(本材木町二丁目と三丁目の境を、通二丁目のほうに入ったところ?)

そこに小松町があり、おふでの家族が暮らす裏長屋がある。

(つまりは、日本橋南でないか)

というのも、蘭三郎の父である鈴鹿彦馬は、北町の定廻り同心で、受け持ち地区は日本橋南に日本橋北、そして内神田の一帯であった。

(すると、おふでの父親を調べているのは、俺の親父……か)

思わぬなりゆきに蘭三郎は驚いたが、とりあえず通りに出た。

出て、また考える。

ならば、三四の番屋を訪ねたが、いいか……。

いや、親父のことだ。「いかに親子とはいえ、公務に口を挟むな」くらいはいいかねない。

（よし！）

ここは、喜平おじさんに力になってもらおう。

蘭三郎は、とっさにそう判断した。

3

蘭三郎が喜平おじさんと呼ぶのは、〈帆柱の喜平〉と二つ名を持つ岡っ引きで、父の手先を務めている。

知る人ぞ知る、米沢町の「日本一元祖四目屋《よつめや》」の主人だったが、先年に隠居して、今は横山町一丁目裏通《うらつう》に、女房のおてると二人暮らしていた。

夫婦ともに、蘭三郎が生まれたときから世話をしてくれて、蘭三郎にとっては祖父母のような存在であった。

（それに……）

おふでを小女に世話してくれたのも、喜平おじさんだった。

だから、喜平おじさんにとっても、無関係とはいえぬはずだ……。

そんなことを考えながら、蘭三郎は足を急がせる。

ほんとうだったら走り出したいところだが、武士や武士の子は、決して町中を走ったりしてはいけませぬ、という幼いころからの母の戒めがあった。


「なんですって」

喜平おじさんは、蘭三郎の話を聞くなり立ち上がった。

そしていう。

「おい下駄六《げたろく》、おめぇは、すぐに小松町の甚平店で聞き込みをしてこい。俺と亀辰《かめたつ》は、スズランの坊ちゃんと一緒に、三四の番屋へ向かうからな」

「へいっ」と答えて、下っ引きの下駄六が、すぐさま喜平の隠居所を飛び出していった。

この隠居所は、元は八百屋だったせいで、戸口からこっち、小広い土間になっていたのだが、そこを喜平は、八畳と三畳と少しの畳敷き二座敷に改装した。

そして八畳座敷の隅には豪儀にも、でーんと四斗の酒樽を置いて、手下《てか》たちに酒や料理を振る舞っている。

それゆえ日ごと夜ごとに、帆柱の喜平の手下たちが集まってくるが、特に常連になっているのが酒好きの六平《ろくへい》と、大食らいの辰吉《たつきち》で、蘭三郎が喜平の隠居所に飛び込んだときも居合わせた。

六平は下駄屋の伜なので下駄六、辰吉のほうは鼈甲細工師《べっこうさいくし》の伜なので、亀辰と呼ばれている。

「お待たせしましたな。では、まいりましょうか」

岡っ引きに決まった服装などはないが、一応の身支度を整えて、喜平がいう。

決まった服装はない、といったが、多くの岡っ引きに共通するのが、白鼻緒の雪駄《せった》だ。

これは町方与力、同心の白鼻緒の雪駄と同様に、それに合わせることによって、自分が町方の関係者——すなわち岡っ引きだと、他人に認知させる目的があった。

喜平が白鼻緒の雪駄に足を入れると、おじさんから、岡っ引きの顔になったような気がするから不思議だ。

蘭三郎に喜平、それから亀辰の三人は、喜平の女房のおてるに見送られて、隠居所を出た。

裏通を東に抜けて左に、橘町《たちばなちょう》に入って喜平が問わず語りにいう。

「いえね。おふで坊の父親は徳三《とくぞう》といいまして、腕のいい石工《いしく》で、茅場町にある石屋《いしや》籐兵衛《とうべえ》のところの職人でござんしてね。律儀《りちぎ》で真面目な男でござんすよ。そいつが人を殺《あや》めたなど、きっと、なにかの手ちがいでござんしょうよ」

「はあ、茅場町の……、それで、おじさんと顔見知りになったのですか」

茅場町は八丁堀の内だ。

「いや、そうじゃござんせん。あ、次の角を右に入りやすんで……」

最初の四つ角を右に曲がると橘町二丁目、向かう先には西堀留川《にしほりどめがわ》、さらに先では東堀留川と交叉する。

喜平が続ける。

「あっしは一時期、釣りに凝ったことがございやしてね。ようく鉄砲洲《てっぽうず》あたりで釣りをしたもんでござんすが、同じく釣りにきていた徳三とは、そこで顔見知りになって、徳三の職場が茅場町と知りましてからは、まあ、細く長くつきあっていたという次第で……。そんなことから、おふで坊をお世話することにもなったんでござんす」

「ははあ、そういう仲ですか」

「かわいそうに、おふで坊も、さぞ気を揉んでいることでござんしょうが、なに、三四の番屋までいけば、くわしい事情も分かりましょう」

「はい。よろしくお願いをいたします」

といっているうちにも西堀留川で、千鳥橋で堀川を渡る。

渡りながら喜平は、さかんに首を傾げはじめた。

その様子に蘭三郎が、

「なにか……」

喜平と並んで歩く後ろから、無言でついてくる亀辰の表情を見てから尋ねてみた。

喜平が答える。

「いや、徳三の住む小松町は、徳治郎《とくじろう》といって、谷房《やつふさ》の親分と呼ばれる岡っ引きの縄張《シマ》なんですがね。これが、なかなかできた親分さんで、めったやたらに三四の番屋へしょっ引く、などという無茶は、なさらないお方なんだが……」

もう一度、首をひねった。

すると、おふでの父親である徳三は、三四の番屋にしょっ引かれるだけの、明らかな犯跡でもあったのだろうか。

自分のことでもないのに、にわかに蘭三郎は不安になった。

4

三四の番屋に着いた。

すると喜平は、

「スズランの坊ちゃん。ちょいと」

亀辰に、しばらくそこで待つようにと指示したあと、楓川《もみじがわ》を遡《さかのぼ》りはじめた。

鈴鹿蘭三郎を縮《つづ》めて〈スズランの坊ちゃん〉と呼ぶのは、この喜平と、その女房のおてるだけであるが、そんな呼び方をされる蘭三郎は、どうにも心恥《うら》ずかしい年ごろだ。

それはともかく、なにごとであろうとついていくと、喜平は最初の角を右に曲がって、樽正町《たるまさちょう》と書かれた自身番屋と木戸番屋がある町木戸を抜けた。

そういえば、三四の番屋の手前には、腰高障子に小松町と書かれた自身番屋もあった。

木戸をくぐってすぐの、一軒の、何商とも知れぬ商家の前で喜平は立ち止まると、

「なにしろ、鈴鹿の旦那は気むずかしい性分のお方でござんす。それでもし、三四の

番屋に旦那がいなされば、あっしとスズランの坊ちゃんとが、一緒に番屋に入りなどすると、ごねる、というか、なんていうか……」

「いいたいことは、分かります」

父の気性のこともあって、蘭三郎は、直接には三四の番屋を避けたのだ。

「聞き分けていただき、ありがとうござんす。ええと、こちらは、引合《ひきあい》茶屋といいまして、あっしら岡っ引き同士が、なにやかやと駆け引きに使う茶屋でござんしてね。徳三の件をくわしく聞き出してくるまでの間、こちらのほうでお待ち願いたいんで……」

「分かりました」

すると喜平は、看板もなにも出ていない引合茶屋に入った。蘭三郎も、そうした。

土間には、白鼻緒の雪駄が何組も並び、板敷きの大広間と、二階に通じる階段がある。

大広間の隅には座布団が積まれ、あちらこちらと三々五々、岡っ引きらしい男たちが、額を突き合わせるように話し合っていた。

「おや、帆柱の親分。ずいぶんと珍しいじゃぁないの」

盆を手に、二階から、トントントンと階段を下りてきた中年女が声をかけてくる。

「おう、女将《おかみ》。相変わらずに色っぺえの」

喜平がいうと、

「まあ、相変わらず世辞のうまいこと……。ところで……」

蘭三郎を見、女将の視線は、また喜平のほうに戻った。

「うん。そのことだ、ちょいと上がらせてもらうぜ」

喜平が女将の耳元に、小声でなにかをいっている。

「あら、まあ」

女将が声を出した。

喜平がなにをいったかくらいは、蘭三郎にも見当がついた。

案の定、女将は自分の胸を叩いていった。

「合点承知。そういうことなら、二階の小座敷にお通しするよ。さあ、坊ちゃん、遠慮をせずにお上がりな。二階の小部屋に、ご案内しますよ。ああ、そうだねえ。目立っちゃいけないから、履物もお持ちよ」

いわれたとおり、蘭三郎は大広間に上がり、履物は裏を合わせて左手に持った。

喜平が近づいてきていう。

「ここじゃあ、飯も料理も出ますんで、腹がお減りなら女将にいって、待っててください。事情が分かり次第に戻ってめえりやすんで」

「分かりました」

蘭三郎は大広間から、喜平が外に出て行くまでを見送った。


「ごめんなせえよ」

二階六畳の座敷で待つこと半刻（一時間）足らずで、襖の向こうから喜平の声が聞こえた。

襖が開き、喜平と亀辰の二人が座敷の中に入ってくる。

開口いちばん、喜平がいう。

「もう、そろそろ暮れ六ツだ。女将に夕食を頼んできましたんで、まあ、一緒に食いましょう」

そういえば、先ほど女将が行燈に火を入れにきた。

「それより……」

蘭三郎の催促を、喜平は手で遮るようにして、話しはじめた。

「おふでの父親……徳三を三四の番屋に引っ張っていったのは、谷房の親分のところの下っ引きで、軍次《ぐんじ》という跳ねっ返り野郎でしてね。手前《てめえ》の見込みだけで番屋に引っ張って調べをはじめていたが、まあだ事件のことは谷房の親分にも、鈴鹿の旦那にも知らせてはいやせん」

「そんな勝手なことが、できるのですか」

「まあね。とにもかくにも、手柄を立ててえ。まあ、功名心というやつでござんしょうかね。で、事件というのはこうです。徳三と同じ長屋に、才吉という居職《いじょく》の錺職《かざり》人がおりやして、そいつが今朝方、自分の長屋の前に転がり出て倒れておりまして、長屋の女たちが見つけたときには、もう虫の息で苦しんでいた。それで、あわてて医者を呼んだんだが、手当の甲斐なく絶命しちまったそうで」

で、その医者がいうには、なにかの毒に中《あ》たったようだ。石見銀山《いわみぎんざん》かもしれないな、といったことから騒ぎになった。

そこで、さっそく駆けつけてきたのが、隣り町の川瀬石町《かわせこくちょう》に住む、下っ引きの軍次だった。

「さっそく軍次は、長屋の衆に聞き込みをかけた。すると、昨日の夕刻に、徳三が魚を一匹、才吉に分けているのを大勢が目撃していた。それで軍次の野郎は、さっそく才吉の長屋に入って調べてみると、才吉はその魚を煮付けにして食ったらしく、流しの皿には頭と尻尾と骨だけを残して、きれいに食べられた魚の残骸を見つけた、といいやす」

下っ引きの軍次は、その魚の中に徳三が、石見銀山を仕込んだのではないか、と考えた。

それで、さらに調べを進めると、徳三は才吉から借金をしていた。

おまけに、徳三がネズミ退治に石見銀山を買っていたことも突き止めた。

「まあ、そんなこんなで軍次は徳三を疑い、三四の番屋も近いことだし、そこへ徳三をしょっ引いてきて、白状をさせようと、いたぶっていた、というような状況です」

「ふうむ……」

まあ、疑わしいといえば疑わしい。

喜平は続ける。

「まあ、ここまでは軍次の言い分、徳三からも事情を聞いてめえりやした。徳三がいうには……」

5

実は石工の徳三、今月の初め、石を運んでいて足を滑らせ、槌手《つちて》（右手）の指を骨折した。

そのため、治癒するまでは石工の仕事ができない。

それで日銭が入ってこないうえに、ろくな貯えもなかった。

そこで、才吉に頼み込んで借金をした。

才吉は独り者で、居職の職人だから、多少の余裕があったようだ。

徳三は家でぶらぶらしていても、銭が出ていく一方だ、と考えて、せめて一家の菜の足《た》しにでもなろうと、鉄砲洲に釣りに通いはじめた。

釣果《ちょうか》が多いときには、うんと安くして長屋の衆に買ってもらい、才吉には、借金の利子代わりにと、魚を一匹、進呈していたという。

「で、徳三は、きのうもかなりな数の魚を釣り上げて、まずはいちばんに才吉のところに行った。そして魚籠《びく》を見せ、好きな魚を選んでもらったそうだ」

そのとき才吉は、

——ほう、こりゃあ、ずいぶんと変わった模様のカワハギだなあ。こんなのは、初めてお目にかかる。うん。じゃあ、こいつを頂戴しようか。

と、カワハギを選んだのだという。

「変わった模様のカワハギですか」

喜平の話を聞いて、蘭三郎は首を傾げる。

「うん。それで徳三に、どんなふうに変わった模様だったかと、くわしく聞いてめえりやした」

喜平に、手抜かりはない。

「なんでも地色は灰色だが、青い線が不規則にあって、目玉みたいな黒い斑点が体じゅうにあった、っていうんだがなあ」

「それ、ほんとうにカワハギですか」

「おう。徳三自身もカワハギだと思っていたそうだ。もちろん徳三は、とんだ濡れ衣だ。俺は毒なんか仕込んでいない、といっている」

「うーん」

つい腕組みをして、蘭三郎が考えているところに、夕食の膳が届いた。

蘭三郎がいう。

「フグみたいな毒魚がいますよね」

「ああ、あっしも、それを考えやした。カワハギに似た毒魚なんてのは聞いたことがねえが、フグ以外にも毒を持つ魚がいないとは限らねえ」

「そうですよねえ」

蘭三郎が再び考えていると、おそるおそるのように、亀辰がいう。

「親分、膳のものが冷えちまいますぜ」

「おう、おめえも腹が減ったろう。いいから食いはじめな」

「へい。じゃあ、お先にいただきやす」

さっそく亀辰は、箸を取った。

「スズランの坊ちゃんも、食いなせえ。食いながらでも話はできる」

喜平に勧められ、蘭三郎も箸を取った。

おふでは悲しみに暮れて放心状態であったから、へたをすれば、食いっぱぐれるおそれもあった。

喜平も箸を手にしながらいう。

「いずれにしても、魚のこととなりゃあ魚屋に聞くのがいちばんだ。明日のいちばんから手分けをして、日本橋の魚河岸や新場《しんば》の魚問屋を軒並みまわって調べやすんで、ご安心を」

「それは、ありがたい。よろしく頼みます」

「なんの。礼をいわれることはねえ。おふで坊のこともあるが、あっしとしても徳三を助けてやりてえ」

「その徳三は、どうなりましょう」

「なあに、下っ引きの軍次にすれば、なんとしても自白を取ろうとするでしょうが、あし自白さえしなければ、徳三が魚に石見銀山を仕込んだなど、なんの証拠もありゃあしねえ。まあ、一日、二日は番屋の仮牢に留め置かれるかもしれねえが、ちぃっと様子を見て埒《らち》が明かねえようなら、あっしが谷房の親分のところに相談にめぇりやしょう。それで軍次があきらめさえすれば、無事に解き放ちになるでしょうし、いざとなりゃあ、鈴鹿の旦那にだって掛け合いますぜ」

　喜平が、力強いことをいってくれた。

　そうこうするうちに、三四の番屋ででも聞いてきたのか、小松町の甚兵衛店をあたっていた下駄六がやってきた。

「おう、ご苦労だったな。お先にやってるが、おめえも夕膳を頼んできちゃあ、どうだ」

　喜平がいうと六平は、

「へい。女将に、そうと聞きやしたんで、おいらの分も頼んでおきやした」

「相変わらず、手回しがいいの。それより、どうだった」

「へい。事情はと申しますと……」

下駄六こと六平が、長屋じゅうをまわって聞き込んだことを話しはじめた。

喜平が三四の番屋で、軍次と徳三から聞いた話と、どんぴしゃりだった。

「で、きのうに徳三が、死んだ才吉に魚を一匹やっていたのを目撃した連中は、口を揃えて、こういいやす。徳三が釣り竿と魚籠を提げて長屋に戻ってきて、いちばんに才吉のところを訪ねるのを見たが、魚籠を覗いて魚を選んだのは才吉自身だった。だから徳三が、毒を仕込むもなにも、そんなことは、できっこねえ。ありゃあ、下っ引きの軍次が、とち狂ったとしか思えねえ、ってぇことでしたぜ」

「なるほど、すると、やはり徳三は無実だということだ」

喜平は、きっぱりといい、

「だが、まあ、縄張《シマ》ちがいの事件に横槍は入れにくい。まずは、才吉が食ったのが毒魚であった、と証《あかし》を立てるほうが平穏無事だろうな」

すると六平が、「そうそう」といい、

「実は親分、念のために才吉の長屋の流しを確かめたところ、才吉が食った魚の煮付けの残骸がそのままで、それで、そいつを持って才吉の最期を看取った医者のところまで、確かめにいきやした」

「ほう。気の利く野郎だ。で、どうだった」

「どうも、こうも、わしには魚のことなど分からぬ、と、けんもほろろで。そこでまあ、とりあえず持ってはまいりましたが」

そういえば、六平のそばには、小さな風呂敷包みが置かれていた。

「そいつぁ、でかした、さすがだなあ、下駄六。さっそく拝ませてくれ」

喜平に盛大に誉められて、六平は照れたような顔つきになり、風呂敷包みを解きはじめた。

皿の上から小笊《こざる》をかぶせ、そのまんま風呂敷に包んだようだ。

「へい、こいつで」

差し出された皿を眺めて喜平は――。

「こりゃあ、また、猫顔負けだの」

というくらい、煮魚は見事に骨だけになっており、残っているのは頭の一部と、尾びれだけであった。

「これじゃあ、魚の模様もなにも分からねえが、なるほど、頭の形や口のとんがり具合、それに尾びれから見ると、やっぱりカワハギのようだなあ」

と、首をひねる。

蘭三郎にも、そう思えた。

すると、才吉の死と魚は無関係かもしれない、とも思えるが、やはり毒魚の線も捨てがたかった。


おふでが、なにも食べていないのではないかと握り飯を作ってもらい、蘭三郎たちが引合茶屋を出ると、もう町は夜の帷《とばり》に包まれている。

月は出ていたが半月《はんげつ》に近く、蘭三郎は引合茶屋から借りた提灯を持たされ、新場橋を渡って八丁堀に入った。

さらに亀島橋を渡って霊岸島に入り、十軒長屋に戻った。

「おふで、遅くなったが心配はいらぬ。お父っつあんは、人など殺してはおらぬ。あと二、三日はかかるかもしれぬが、すぐに解き放ちになるはずだ」

潮垂れていると思っていたら、意外に元気そうなのに驚きながら、そう告げた。

「ほんとう。それならよかった」

「ところで腹が減ったろう。握り飯を作ってもらってきたから、食え」

竹皮包みを差し出すと、

「それなら、お先にいただきました。坊ちゃんこそ、お腹《なか》がすいたでしょう。すぐに支度をしますから」

これには、蘭三郎もあきれた。

(女というやつは、分からん……)

そう思いつつ、

「いやいや、俺なら、帆柱の喜平親分と一緒にすませてきた」

「あら、そうなの。喜平おじさんが請け合ってくれたのなら、ほんとうに安心ね」

泣き崩れていたのが嘘のように、おふでは無邪気に笑ったあと、

「あ、そうそう。坊ちゃんが出かけたあと、米三の親分がいらしてね。戻られたら、きてほしいといってらしたわ」

「ふうん」

しばし考えたのち、蘭三郎は、借りてきた提灯に火を入れて、再び出かけることにした。

蘭三郎が〔米屋〕に入ると、客席は、ほぼ満員で、水夫《かこ》やら職人やら中間《ちゅうげん》なんかが酒を食らっている。

蕎麦の種を肴《さかな》に、夜には居酒屋のようになるらしい。

目ざとく蘭三郎を認めた女将らしい女が、

「うちのは、内証《ないしょう》（奥向きの座敷）でお待ちかねだよ。さあ、こっちだよ」

女将に誘われて蘭三郎は、料理場横の内証座敷に入った。

「よう、わざわざ呼び立てちまって、すまねえなぁ」

酒でも飲んでいたらしく、盃を置いた米三の親分の顔は朱に染まっていた。

「ほかでもねえ。中島の旦那から先日の件で、是非にも礼を伝えてくれろ、と頼まれたもんでなあ」

「いや、それは恐縮です」

「うん。ついでといっちゃあなんだが、報告をしておくこともあってな。実は鍾馗松が、今月十五日の朝に、江ノ島に向けて旅立った、という裏を取ってみたんだが、当日、あのド派手な装束《なり》をした鍾馗松らしい男が、ずうっと品川あたりまで、あちらこちらで目撃されていたんだ」

（つまり、鍾馗松は、間違いなく江ノ島へ向かった、ってことか……）

蘭三郎は、しばらく考えたのちにいった。

「しかし、品川の先まで行った鍾馗松が、どこかで身なりを変えて、十軒長屋まで戻ってきたとも、考えられますよ。それでも、十分に間に合う」

「中島の旦那と、同じことをいうねえ。うん。それでな。手下《てか》を江ノ島に向かわせた。

ほんとうに江ノ島に、いるかどうかを確かめにな。いやがったら、中島の旦那が、直接に出張《でば》る、とおっしゃっている」

「なるほど、そうですか」

いよいよ、お軽の事件は無理心中で片づけられることはなくなった、と蘭三郎は思った。

神田佐久間町《さくまちょう》・躋寿館《せいじゅかん》

1

翌日のこと――。

朝食を終えるなり、蘭三郎は家を出た。

向かうは、山崎弥太郎の家だった。

昨夜、蘭三郎は職場から戻った母に、おふでの父親があらぬ疑いをかけられて、三四の番屋に引っ張られたこと、それから喜平おじさんの手を煩わせて、調べてきた状況などを伝えた。

――まあ、とんでもないこと！

母は憤り、柳眉《りゅうび》を逆立てて決然といった。

——明日にも彦馬さまに連絡《つなぎ》をとって、善処していただきましょう。

蘭三郎の父は外面《そとづら》には似合わず、義母（父のご新造《しん》）や母には、滅法界《めっぽうかい》に弱いことを蘭三郎は知っている。

——おふで、心配しなくてもいいからね。

と、母もまた、おふでを慰めたものだ。

さて、蘭三郎が、あれからつらつら考えるに——。

地色は灰色で不規則な青い線があって、全身に目玉のような黒い斑点があるカワハギに似た毒魚。

それを、喜平おじさんと、その手下たちが、日本橋の魚河岸や新場の魚屋を、聞き込むことになっているが、はたしてうまくいくであろうか、との危惧もある。

そして、ふっと思いついた。

それは、蘭三郎が音羽塾に行ったとき、その場で話題になっていたのを耳にしたのだが——。

なんでも、新奇《しんき》の薬材や薬品を持ち寄って、互いに知識を広めようとする薬品会《やくひんかい》というのがあって、これは最初に平賀源内《ひらがげんない》が企画してはじまった会であるらしい。

これには日本各地から、医師や本草《ほんぞう》学者、蘭学者などが集まり、薬用の動植物や鉱石類も江戸へ運ばれて陳列される。

今年の初夏にも、蹟寿館というところにおいて、本草学の大家《たいか》で幕府医師でもある田村西湖《たむらせいこ》、中川淳庵《なかがわじゅんあん》、宇田川玄随《うだがわげんずい》たちが主催者となって、薬品会が開かれたそうだ。

——蹟寿館というのは、なんですか。

本草学が、どんな学問で、また薬品会とか物産会とかいうものも、蘭三郎は耳にしていたが、〈せいじゅかん〉というものは初めて耳にした。

尋ねた蘭三郎に、音羽塾の門下生が教えてくれた。

明和《めいわ》二年（一七六五）というから、十八年前に、幕府奥医師の多紀元孝《たきもとたか》という人が開いた、医師養成のための私塾の名だそうだ。

そして、その蹟寿館の内には、本草学者たちが集まる〈医学院本草研究会〉なるものが、あるとのことだった。

ならば、並み居る本草学者たちが集《つど》う、その研究会ならば、件《くだん》の毒魚を知る者がいるかもしれない。

そう思いついてはみたが蘭三郎には、その蹟寿館というのが、どこにあるのかも分からない。

なにより、幕府奥医師が開いた私塾というのが畏れ多い。

また、そこに集うという本草学者たちも、お歴々にちがいない。

まだ元服前の、町方同心の庶子ごときが、そんなところを、たとえ探し出して訪ねたとしても、門前払いがオチであろう。

（と、なれば……）

ここは、やはり、山崎弥太郎を頼るしかあるまい。

山崎もまた庶子ながら、実父は幕府高官の勘定奉行だから、なんらかの便宜を図ってはもらえないだろうか。

それで蘭三郎、いそいそと新和泉町の弥太郎を訪ねることにしたのである。

「うーん。なるほど」

元服の準備で忙しいところをすまないが……、と蘭三郎は下手《したで》に出て、事《こと》の次第を説明すると、山崎は腕をこまねいて、しばし考えた。

そして——。

「分かった、なんとかしよう」

「そうか。すまぬな」

「なんの。友の頼みを無碍《むげ》にはできぬ」

いって山崎、若党の高山を部屋に呼んだ。

そして命じた。

「親父どのは、今月月番だから、おそらく御殿勘定所《ごてんかんじょうしょ》にいるはずだ。すまぬが使いにいってくれぬか」

「は」

羽織袴の若侍が答える。

「でな、神田佐久間町に躋寿館という私塾がある。現将軍さまのお声掛かりで創られた私塾だから、親父どのもよく知っておるはずだ。そこへの、親父どのの添状《そえじょう》（紹介状）をもらってきてほしい」

ちなみに現将軍とは、第十代将軍の徳川家治《いえはる》のことである。

若党の高山が答える。

「躋寿館、でございますな。かしこまりました。して、赤井さまに、子細のほどを尋ねられたら、なんとお答えしましょう」

「ううむ……。ちと、学びたいことがあるからとでも、いっておけ。ついでに、急いでおるとも付け加えろ」

「承知いたしました。では、さっそくにも出かけてまいります」

若党の高山は、一礼して弥太郎の居室から消えた。

「いや、すまぬ」

蘭三郎は、まずは礼を述べたのち、

「それにしても山崎、躋寿館が佐久間町にあるの、だとか、将軍さまのお声掛かりだとか、いやにくわしいが、たしか音羽塾で、躋寿館とはなにかと俺が尋ねたとき、おまえも一緒にいたよなあ」

「うむ」

「しかし、あのとき、おまえはなにもいわなかったぞ」

「ああ、あれか。兄弟子《でし》が教えはじめたのに、俺が横から口出しなどできるもんか」

「なるほど……」

いわれてみれば、そうである。

「それより、高山が戻ってくるには、一刻はかかろう。躋寿館には俺もつきあうから、この部屋で待て」

「そうするか」

山崎の好意に甘えることにしたが、蘭三郎は、なにやら居心地が悪い。

というのも、あの十軒長屋の事件の真相を、山崎に隠したままであるからだ。

（ふうむ……）

　蘭三郎は思案して、

（そうだ。すべては昨晩に、米三の親分から聞いたことにしよう）

　そう決めた。

「ときになあ、山崎……」

　あの事件が、単なる無理心中ではなく、明かり取りの天窓から侵入して、お軽と常吉の両名を殺害したのち、天井裏を通って逃げたとの経緯《いきさつ》を洗いざらい話して聞かせた。

　はたして山崎は、

「ほうれ。やっぱり鍾馗松が怪しいといった、俺の目星に狂いはなかっただろう」

　少し嘘の混じった蘭三郎の話を疑いもせず、まことに上機嫌な山崎であった。

　あまりの上機嫌さに蘭三郎は、ちょっとばかり皮肉《ひにく》ってやりたくなった。

「いや、鍾馗松が下手人だと、まだ決まったわけじゃあないぞ」

「そんなことあるか。天窓から入って、屋根裏を通って逃げた。そんな芸当、盗人か鳶以外にできるもんか。鍾馗松で決まりだ」

「そうかも、しれねぇな」

互いに意地を張り合っても喧嘩になるだけだ、と、蘭三郎のほうが折れることにした。

2

「じゃあ、行くか」

山崎がいうのに、蘭三郎はうなずいた。

結局のところ、使いに出た高山が戻ってくるのに、およそ一刻半（三時間）ほどはかかった。

あと半刻もすれば、正午になろうか、というあたりである。

山崎の懐には、しっかり、勘定奉行、赤井忠晶の添状が収められていた。

添状の表書きには〈多紀元徳《もとのり》殿急呈〉とあった。

山崎の若党である高山の説明によれば、多紀元徳というのが、現在の躋寿館の館長であり、また幕府の医師なのだそうだ。

「これさえあれば、百人力だ」

勇躍、二人は新和泉町・橘稲荷横の家を出た。

山崎がいう。

「大門道《おおもんみち》を行けば、ほぼ、まっすぐに柳原《やなぎわら》の土手まで行ける」

「そうか。ところで、途中、どこかで昼飯を食わねばなるまい。きょうは、俺がおごらせてもらおう」

蘭三郎は、母からたっぷりと小遣いをもらってきた。

山崎が、笑いを滲ませた声で答える。

「おっ、先日のお返しかい。それじゃあ遠慮なく、ゴチになろう。そうだな。神田堀を越えて、しばらく進めば松枝町《まつがえちょう》というところがある。店の名は忘れたが、なかなかにいける料理屋があった。ちょいと早いかもしれぬが、そこにしようか」

「もちろん、おまかせする」

「そう高いところじゃないから、心配するな」

いって、山崎は高笑いをした。

(こいつ。そこんところが、ひとこと多いんだ)

心のうちで、蘭三郎は思った。


さて頃合いを見て、二人は躋寿館の前に立った。

佐久間町一丁目、向柳原《むこう》の、和泉橋と筋違橋の、ちょうど真ん中くらいを北へ上ったあたりだ。

拝領屋敷らしく、腕木門《うでぎもん》に続く板塀に囲まれ、腕木には〈躋寿館〉と墨書された扁額《へんがく》が掲げられている。

特に門番もいなくて、門戸は両扉とも大きく開いていた。

二人して、腕木門をくぐった。

塀のうちには、何棟もの建物があるが、入って正面の、最も大きい屋敷が本館であろう。

式台のついた玄関で山崎が、

「お願い申す」

訪いの声を入れた。

待つほどもなく、十徳《じっとく》姿の若者が現われた。

山崎は、おもむろに懐から書状を取り出すと、

「これは、多紀元徳先生宛に、我が父、勘定奉行の赤井忠晶が認《したた》めました添状でござる。さよう、お取り次ぎを願いたい」

胸を張っていう。

　すると玄関先に出てきた若者は、式台より一段高い板の間に正座して、

「承《うけたまわ》りました、お取り次ぎをいたしますほどに、添状をお預かりいたします」

　受け取って丁寧にお辞儀をすると、

「しばし、お待ちくださいませ」

　奥に消えた。

　山崎が、つぶやくようにいう。

「威光、あたりを払う、というやつだな……」

　相変わらず、ひとこと多い。

　添状を手に、まもなく別の十徳姿の男が玄関先に現われた。

　先ほどの若者とちがっているのは、剃髪をしている、というところだけ。見たところ、まだ三十前に見える。

　男がいった。

「あいにく館長は他出中でございますが、わたしは、官医を務めます田村西湖と申す者、どのようなご用かは分かりませぬが、わたしではお役には立ちませぬか」

　思わず蘭三郎はいった。

「あ、あなたさまが、田村西湖先生ですか。それはまことに好都合です。実は本草学

の大家とお聞きしております。それで、お教え願いたいことがあるのです」

「ほう」

するとは田村西湖は、穏やかな笑みを浮かべて、

「あなた方のような、お若いお方が、本草学に興味をお持ちとは心強いかぎりです。ちょうど、中川淳庵先生や、宇田川玄随先生などをはじめ、多士済々《たしせいせい》のお方たちが集まっておられます。ご案内をいたしますので、どうぞご遠慮なく、お上がりくださ い」

「いや、恐れ入ります」

これはたいそうなことになったぞ、と思いながら、蘭三郎は履物を脱いで式台に上がった。

山崎も、なにやら強《こわ》ばったような、神妙なような表情になって式台に上がる。

特段に、本草学に興味を持ったわけではないから、忸怩《じくじ》たる想いが少々あった。

案内され、通された部屋は、三十畳はあろうかという板の間で、円形の卓子《たくし》（机）がいくつも並び、ひとつの卓子には四つの椅子がついている。

蘭三郎には、初めて見る物であった。

そんな卓子で、一人で書を読みふけっている者もあれば、数人が集まり論じあって

いる者もある。

四辺には書架が並び、おびただしい書物が積まれている。

そんな学術的な雰囲気に、二人は気を呑まれた。

田村西湖がいう。

「皆さんに、ご紹介をいたしましょうか」

「いや、それには及びません」

間髪《かんはつ》を入れず山崎が答え、肩で蘭三郎を押すようにした。

そんな様子に田村西湖は、のどかに微笑んで、

「では、お話を伺いましょう。まあ、そこにお掛けなさい」

手近にあった空き卓子を指して、椅子に腰掛けた。二人も、それにならう。

椅子に腰掛けたのち、蘭三郎が口火を切った。

「お教えをいただきたいのは、毒魚のことです。つまり、毒を持つ魚のことで……」

「毒魚……たとえば、フグのような?」

「はい。実は、鉄砲洲で釣れたカワハギを煮付けて食べた者がいて、半日ばかりで事切れました。しかし、その魚は、実はカワハギに似た毒魚ではなかったかと思われまして、ご教示をいただきたく参上いたした次第です。というのも、その毒魚を釣り上

げた、わたしの知人が疑われておりまして」

「ほう。カワハギに似た毒魚ですか。それも半日ほどで死に至るとは、よほど強力な毒を持つ魚ですな。ふうむ。ブダイという魚の仲間には、そのような毒を持つものがあり、特に内臓を食べて中毒死をした、という例なら、いくつかありますが……。ふうむ、カワハギとなると……」

田村西湖が、首を傾げる。

蘭三郎は、さらに説明を追加した。

「死んだ男も、内臓まできれいに平らげていたようです。それから、カワハギに似た、その魚は、ふつうのカワハギとはちがった模様がありまして、地色は灰色なのですが、青い線が不規則にあって、目玉のような黒い斑点が、体じゅうにあったそうなのです」

「なに、目玉のような黒い斑点が……」

田村西湖は、しばし空《くう》を睨んで考え事をしているように見えた。

やがて――。

「ふむ」

ひとこと発して、

「ちょいと待っていてください」

少し離れた書架のほうへ向かった。

どうやら書物を探しているらしいのを見て、山崎が囁く。

「なにか、心当たりでもありそうだな」

「そうだといいのだが……」

蘭三郎も期待した。

3

「お待たせをいたしました」

やがて田村西湖が、一冊の書物を卓子に運んできて置いた。

その表紙には、『典農司使伊豆七島巡見聞き書き』と墨書されている。

「てんのうしし?」

覗き込んで、山崎が首をかしげる。

すると田村西湖も、

「なんでしょうな。わたしにも分かりかねますが、要するに……」

表紙をめくって、第一丁《いっちょう》の裏側を示しながら、

「実は一昨年のことですが、伊豆七島の巡見と無人島《むにんじま》（小笠原《おがさわら》諸島のこと）の探索をせよ、との幕命が下りましてな。その御用を承ったのが、表題の一部に使いました典農司使というわけなのですが、その陣容が、ここに書いてある役人たちでしてな」

いわれたように、三人の名が連ねられている。

まず、最初の名を指して、田村西湖がいう。

「まずは、勘定所普請役の佐藤玄六郎《さとうげんろくろう》どの。この聞き書きは、その佐藤どのから、わたしが直接に聞き取って、書き留めた記録です」

「そうなのですか」

勘定所普請役といえば、竹中道場の師範代である、青島俊蔵先生と同僚であろうか、と蘭三郎は思ったが、まさにそのとおり。

これより三年後には、青島俊蔵も佐藤玄六郎も、蝦夷地《えぞち》の探検に向かうことになる。

それはのちの話として、典農司使として名を連ねているのは佐藤のほかに、伊豆代官の江川太郎左衛門《えがわたろうざえもん》と、その手代の吉川義右衛門《よしかわぎえもん》の三名であった。

田村西湖がいう。

「お三方は、一昨年、すなわち安永《あんえい》十年（一七八一）の三月末に江戸を出立して、昨

年の十月末に帰着されました。残念ながら、船は傷《いた》み悪天候にも阻まれて、無人島の探索はかなわなかったとのことですが、伊豆七島はくまなく探索されて、各島の樹木図、草花図、薬草木図、魚鳥海藻図などを持ち帰られたので、ここに写し取らせてもらったというわけです。で、さっきの目玉のような黒い斑点、というので思い出したのですが……」

いいつつ、聞き書きを手に取り、繰りはじめた。

やがて――。

「おう、あった。これだ、これだ」

聞き書きを開いて卓子に置いた。

そこには絵が描かれ、名には草紙剝《サウシハゲ》と書かれ、説明書きが続いている。

「これは三宅島《みやけじま》で採取したもので、そこにも書いてありますように、ウマヅラハギに甚《はなは》だ似るも、同魚には非《あら》ず。全身に目玉の如き黒い斑点が存し、なかには青い線状の模様を有する物もあり、これ内臓に猛毒ありとて、島民は同魚を食せず、とあります。もしや、これではないかのう」

「おそらく、これです」

蘭三郎は、確信した。

ウマヅラハギに似ているといえば、いえるし、カワハギに似ているともいえる。

「ここには、サウシハゲとありますが……？」

「三宅島の島民が、そう呼んでいるとのことです。ハギがハゲになったのは方言だろうし、草子《そうし》というのは、反古紙《ほごし》を漉《す》き返して作る浅草紙の類《たぐい》を、島民たちは草子と呼んでおり、この毒魚の模様が、草子にいたずら書きしたように見えるので、そう名づけたようですね」

ちなみに現代名ではソウシハギといい、元々が南方系の魚だが、近ごろは全国各地、北海道の苫小牧《とまこまい》沖でも獲れていて、中毒死の例もいくつかある。

さらに田村西湖は続けた。

「いや、つい今し方に思い出したのですが、同種と思われる毒魚は琉球《りゅうきゅう》に多く、また紀州《きしゅう》の南、あるいは土佐《とさ》あたりにも生息すると、ずっと昔に、亡父から聞いた覚えがあります」

すると山崎が、

「あ、もしや田村さまの御尊父さまは、あの田村藍水《らんすい》さまではございませぬか」

吊り目がちな目を、丸くしていう。

「やあ、いかにも。父をご存じか」

「ご存じもなにも……。いえ、もちろん会《お》うたことなどございませぬが、あまりにも、ご高名なお方。薬品会を最初に開かれたのも藍水さまで、また幕命によって、諸州に物産を調査し採薬し、熊本《くまもと》藩主の細川重賢《ほそかわしげかた》さまや、薩摩《さつま》藩主の島津重豪《しまづしげひで》さまなどからも、大いに引き立てられたお方、と聞き及んでおります」

（ふうん……）

やはり、こやつ、小生意気ではあるが、まことに物識りだなあ、と蘭三郎は横で感心している。

「いや、そのようなお褒めの言葉を頂戴いたしましたら、亡父も草葉の陰で喜んでおることでしょう。ともあれ、南方に生息する毒魚とはいえ、海に境目などはございませんからな。なにかの拍子で江戸前で釣れることもありましょう。お話の様子からは、そのサウシハゲを釣り上げたお方が嫌疑をかけられ、お困りのご様子。よろしければ、わたしが、鑑定書のようなものを、お作りしても、ようございますよ」

「ご親切に、ありがとうございます。お手を煩わせまして申し訳ございませんが、是非にもよろしくお願いいたします」

いって、蘭三郎は深々と頭を下げた。

官医の鑑定書があれば、おふでの父親の徳三への嫌疑など、きれいに晴れるはずだ。

「これで、一件、落着だなあ」

躋寿館を出たところで、山崎弥太郎が言う。

「いや、それも、これも、山崎さんのおかげだ、恩に着る」

「おっと、さん付けで呼びやがった。尻根っ子が痒くなる。代わりといっちゃあ、なんだが、俺が無事に元服の暁には、喜平親分に頼んで、四目屋を案内してもらうぜ」

山崎は、以前から四目屋の見学を蘭三郎にさせようとしていたのだが、蘭三郎自身、そんなところへ入ったこともない、と断わっていた。

しかし山崎は、いまだに、あきらめずにいるらしい。

「わかった。元服を終えたら、頼んでやるよ」

「忘れるな。約束だぞ」

そんなことを話しながら、向柳原の火除け広道に向かった。

蘭三郎たちが、あとにした躋寿館は、のちには医学館と名を変えて、幕府直轄の医官養成校となり、館長は多紀氏の世襲になった。

4

さて、問題は解決したかに思えるが、帆柱の喜平親分に、その手下たちは、朝から日本橋魚河岸の魚問屋や、新場の魚問屋を聞き込んでいるはずだ。

あるいは、すでに、ついさっきに蘭三郎がつかんだような情報を、得ているかもしれない。

いずれにせよ、とりあえずは横山町の隠居所に向かうことにした。

すると、結局のところは、山崎とともに元きた道を引き返すことになる。

あれ、これ、それと雑談を交わしながら大門道を南下して、大伝馬町《おおてんまちょう》三丁目とも呼ばれる通旅籠町《とおりはたごちょう》の角に［大丸屋《だいまるや》］という大店《おおだな》がある四つ角で蘭三郎は立ち止まり、

「じゃあ、俺はこっちに行く。とんだことで、竹中道場を休ませてしまって、すまなかったな」

いうと山崎は、

「なんの」

ひとこと発して右手を挙げ、そのまま大門道を進んでいった。

蘭三郎は四つ角を左に曲がり、通油町《とおりあぶらちょう》を過ぎ、浜町堀を縁橋《えにしばし》で渡れば、もう横山町は近い。

すでに八ツ（午後二時）は過ぎて、八ツ半（午後三時）に近い。

「こんにちは」

とりあえずは表から声をかけて、腰高障子を開けた。

すると思いがけなく、隅に四斗の酒樽が御座《おわ》します八畳の座敷で、喜平おじさんが足を投げ出し、脹脛《ふくらはぎ》を揉んでいるところであった。

「おや、スズランの坊ちゃん」

喜平があわてたように、投げ出した足を胡座《あぐら》に直した。

「足をどうかしましたか」

「いや、こいつぁ面目《めんぼく》のねえところを見られちまった。いえね、歳のせいか、普段、怠けているから身体がなまっちまったのか、足が攣《つ》っちまいましてね。それで、あとは手下たちに任せて、さっき戻ってきたってぇわけで……」

「そうだったんですか。無理をさせちまって、申し訳ありませんでした」

「とんでもねえ。ところで、これまでのところ、残念ながら、いい収穫はございませんで……。どの魚屋も、フグ以外の毒魚といえば、アオブダイってぇのがいるそうですが、こいつぁ、カワハギとは似ても似つかぬ面《つら》をした魚だってぇんで……」

「そうですか。いえ、実は、徳三さんが釣り上げた、あの魚のことなら分かりましたよ」

「えっ！」

喜平が驚きの声を上げた。

「実はですね……」

蘭三郎は、事の次第を説明し、

「で、田村西湖先生から、お墨付きもいただいてきた次第です」

「いやあ、こりゃあ、スズランの坊ちゃん、大手柄じゃないですか」

「というより、あの山崎弥太郎の父君の御威光でしょう」

「いやいや、謙遜なすっちゃあいけない。そもそも、その……本草学っていうんですかい。そこんところに目をつけたのは、坊ちゃんですからねえ。いやあ、たいしたもんだ」

喜平が、目を細めたかと思ったら、

「おっと、こうしちゃあいられない。坊ちゃん、あっしはすぐにも三四の番屋へ飛んで、徳三の野郎を自由の身にしなきゃあならねえ。首尾のほどは、のちほど十軒長屋まで、お伝えにめぇりやすんで、坊ちゃんは一旦お戻りになって、お待ちを願えますか」

「分かりました」

蘭三郎は、田村西湖が書いてくれた鑑定書を、喜平に託した。


そろそろ暮れ六ツ（午後六時）に近いころである。

蘭三郎が行燈に火を入れ読書にいそしんでいると、階下の引き戸が開く音がして、なにやらぼそぼそと話し声らしきものが聞こえてきた。

(喜平おじさんか)

立ち上がろうかと思ったが、事は、小女のおふでの父親のことだ。

まずは、おふでのほうに、かくかく、しかじかであると、事の成り行きを説明するほうが先であろう、と蘭三郎は上げかけた腰を下ろした。

やがて、パタパタと階段を駆け上がる音がして、おふでが顔を出す。

「坊ちゃん、おかげさまで、うちのお父っつあんは、無事に長屋に帰されたそうです。ほんとうにありがとう」

涙ぐんでいる。

「そうか。それはよかったなあ」

結局は、収まるところに収まったか、と蘭三郎は安堵した。

「で、下で鈴鹿の旦那さまがお待ちでございます」

「え！」

驚いた。

父が、この長屋に蘭三郎を訪ねてくるなど、幼少のころを別にすれば、絶えてなかったことである。

なぜか、おそるおそるという感じになって、蘭三郎は階下に降りた。

「む……」

上がり框に腰掛けていた鈴鹿彦馬は、蘭三郎の姿を認めて立ち上がり、小さく顎を引いてからいった。

「どうだ。一緒にメシでも食いにいかんか」

「え」

聞きちがいか、とさえ思った。

蘭三郎が八丁堀、地蔵橋から近い亀島町の父の同心組屋敷にいたときは、二度ばかり、そういうこともあったけれど、この三月に屋敷から出されてからは、ほとんど無《ぶ》音《いん》に過ごしてきたのである。

「着替えずともよい、どうせ行き先は卯の花だ。さあ、まいろう」

「はい」

階段の途中まで降りてきていたおふでに、無言でうなずいてから、父とともに外へ出た。

父の腰巾着のように、いつもくっついている岡っ引きの臥煙の利助の姿がない。

だが、利助の子分の平次郎が表に控えていて、火の入った提灯で先導する。

八月二十四日、彼岸の入りのこの日は月の出が遅く、あたりは薄暮から、だんだんに闇の色が濃くなっていく時刻であった。

5

平次郎の先導で、父と一緒に一之橋を渡りながら、

「父上。実は、まだ卯の花には入ったことがございません」

父の真意を測りかねて、蘭三郎は、そんな話のきっかけを作った。

「そりゃ驚いた。そうなのか」

「はい、母上から、よほどのことがなければ、中洲新地には足を入れるではない、といわれております」

「ふうむ。なるほど……」

父は小さく笑い、

「三ツ保富永町《みつまたとみながちょう》のうちには、地獄《じごく》の巣があるからであろうな。それに、まわりには船まんぢうを乗せた舟も多くある。それにしても、おまえの母上というのは、おかしな心配をするやつだ」

どうやら父は、苦笑いでもしたようだ。

地獄とは私娼のうちでも最下等の女たちで、中洲新地の地獄は、一発二十四文だ、とは山崎弥太郎の言だ。

天麩羅蕎麦よりも安い値段に、思わず不快になったことまで、蘭三郎は思い出してしまった。

大川の三ツ俣と呼ばれた中洲を埋め立てて、浜町《はまちょう》と陸続きにしたのが中洲新地で、やがて両国《りょうごく》が霞むほどの賑わいを見せる一大遊興地となった。

名も三ツ俣富永町とついた。

坪数九千六百七十七坪余り、大川端の岸通りには、水茶屋が軒を接するように建ち並び、九十三軒の料理茶屋があって、見世物、夜芝居、物真似、声色《こわいろ》、講釈など、ありとあらゆる見もの、聞きものがあって、ありとあらゆる店が集まる殷賑《いんしん》の地であった。

「ときに蘭三郎、こたびは、ようやったのう。いや、田村西湖どのの鑑定書が利《き》いた」

「はあ、いや……」

思えば父から、このように直截《ちょくせつ》に褒められるのは初めてのことであったから、少しばかり蘭三郎はとまどった。

「ちらりと、喜平父っつあんから聞いたのだが、竹中道場で同門の山崎とかいう、おめえの友人は、なんでも勘定奉行の倅だそうだな」

「はい。田村西湖先生にお会いできたのも、その山崎の父親のおかげともいえます」

「うん、うん。しかし、まあ、あれで助かった。おりょうは、いや、おまえの母親は、血相変えて俺に詰め寄るし、実のところ、俺にはなんのことかも分からぬし、それで三四の番屋に行って初めて、おふでの親父のことを知ったってわけだ」

「そうだったんですか」

「そうよ。まあ、谷房の徳治郎のところの下っ引きが、手柄欲しさに先走って、徳三の口を割らせたのちに事件として上げて、それで初めて俺の耳にも入る、という寸法だ」

（そういう仕組みに、なっているのか……）

「まあ、これが、最初から殺しと明らかだったなら、当然、はじめから俺の耳にも入《へえ》るんだが、死んだ才吉というのが、病死だか変死だったかも判然としねえ。それを下っ引きの軍治が事件《ヤマ》だと踏んで、徳三を三四の番屋に引っ張った。俺たち廻り方同心にとって、こういう場合が、一等むつかしいんだ。理由もいわずに調べをやめさせると、あとあとに尾を引く。ましてや今度の場合は、おふで、という、いわば俺の関係者が間に入っておる」

「そういわれれば、そうですねえ」

　徳三は身内ではないけれど、強権をふるったと思われかねない。

　なるほど、廻り方同心というのは高潔さを求められるお役目なのだ、と蘭三郎は理解した。

　湊橋を渡り終えて、箱崎町を進みながら父は続ける。

「これは弱った、と思っているところに、あの鑑定書だ。いや、正直なところ助かった」

父は、率直に内心を吐露しているようだが、なるほど、母に対して、とことん弱いのだ、と蘭三郎は改めて思う。

「それは、そうとな」

父の話は、まだ続く。

「蘭三郎、おまえ、先日の十軒長屋の事件にも首を突っ込んだそうだな」

思わず、首をすくめた。

「いやさ。隣家の中島兵三郎さんが、えらくおまえを褒めちぎっていた。なんでも、無理心中と見せかけたのを、実は人殺しだと解き明かしたそうじゃねえか。それを聞いて、俺は、ちぃっと鼻が高かったぜ」

「いやあ、あれは、たまたまのことで……」

叱られると思ったのが裏表《うらうえ》で、蘭三郎は奇妙な気分になった。

「たまたまってことは、ねえだろう。おまえ、その前に、臥煙の利助の宿《やさ》まで出向いていったそうじゃねえか」

「はあ」

あれは、ほとんど無理矢理に、山崎弥太郎に引きずられてしたことだったが、考えれば、父の耳に入って当然であった。

箱崎町に入った右手は、久世大和守《くぜやまとのかみ》や松平伊豆守《まつだいらいずのかみ》や土井大炊頭《どいおおいのかみ》などの大名屋敷の海鼠壁《なまこかべ》が続く。

「案外に、おまえは……」

道を左手に折れながら、父がいった。

「探索の才に秀でているようだ」

「…………」

左に曲がると右手には町番屋があり、その先には稲荷社があり、箱崎川大川口には蠣殻町《かきがらちょう》に渡る永久橋《えいきゅうばし》がある。

「菊太郎《きくたろう》も見習いに上がって、はや七年、今は物書き同心の下《もと》で若同心並《わかどうしんなみ》となっておるがなあ……」

父のことばが、永久橋の上で川風に吹き飛ばされたように、ふっと途切れた。

菊太郎というのは父の長男、蘭三郎にとっては腹ちがいの長兄で、八歳年上であった。

「まあ、心ならずも組屋敷から出してしまったが……。腐らずに励めよ。おまえほどの美男で、しかも頭脳明晰とくれば、引く手はあまただ。できれば与力あたりの養子にしたいが、必ずやおまえの身の立つようにと、この父が約束をするからな」

そのように、父からしみじみとした話を聞かされて、蘭三郎は思わず胸が熱くなった。

蠣殻町から南に歩を移していくと、行く手には中洲新地の、まるで真昼のように明るい灯火があふれ、もう提灯など必要がないように思える。

その、おびただしい光が蘭三郎の目には、少し滲んで映っていた。

佃島《つくだじま》・舟溜《ふなだま》り

1

二日後のことである。

蘭三郎にとっては、まるで天地がひっくり返るような報が入った。

すでに五ツ（午前八時）を過ぎたころ、米三の親分が訪ねてきた。

「えれえことだ。鍾馗松が遺骸で見つかったぜ」

「え！」

一瞬、なにをいっているのか蘭三郎は、しばらく理解できなかった。

「もしかして、江ノ島でですか」

米三の親分の下っ引きが、江ノ島まで鍾馗松を探しに行った、と聞いていた。

それで蘭三郎は、追いつめられた鍾馗松が自害して果てたのか、と考えたのだ。

「そうじゃあねえ、この江戸の、佃島の舟溜りで見つかったんだ」

「えっ！」

また訳が分からなくなった。

「いや、いや、こいつぁ俺が舌足らずだった。順序立てて話さねばならねえ」

「じゃあ、まあ、土間先でもなんでしょうから、とにかくお上がりください」

「そうだな、そうさせてもらおうかい」

表座敷に上がってもらい、おふでに茶を出すようにいい、ついでに煙草盆も持ってきた。

おりょうも蘭三郎も煙草はやらないが、以前には、よくやってきた父のために用意していたものだ。

「ああ、こりゃあ、すまねえな」

「火は入っていませんが」

「なあに、煙草入れも、火打ち石入れも腰にあらあ。いざとなりゃ、そこの行燈の火を借りればすむことさ」

もちろん蘭三郎は、米三の親分の帯に煙草入れがぶら下がっているのを見て、煙草盆を運んできたのである。

「さてと、まずはだなあ」

さっそく米三の親分は、煙草入れを取り出しながら説明がはじまった。

「きのうの早朝のことだ。佃島の漁師町で死人が見つかった。漁舟《りょうぶね》を互いに綱で繋いで流されないようにしている舟溜りの、舟と舟の間に引っかかっていたそうだ。見つけた当初は水死人だと思ったようだが、とるものもとりあえず、築地《つきじ》・船松町《ふなまつちょう》一丁目の自身番屋に届け出た。というのも、船松町一丁目から佃島の間には〈佃之渡《つくだのわたし》〉があるもんで、なにかが起こったときには、そうするようにと決められているそうだ」

「なるほど……」

「でもって、そのあたりを縄張《シマ》にしている岡っ引きは、本湊町《ほんみなとちょう》で炭屋を営んでいる鉄源《てつげん》という男で、ああ、鉄源というのは、通り名の鉄砲洲の源太《げんた》を縮《つづ》めたもんだ」

「ははあ……」

蘭三郎としては、早く続きを聞きたいのだが、愛用らしい煙管に煙草を詰め終えた米三の親分は、

「ちょいと借りるぜ」

膝でにじって行燈のところへ行き、煙草に火を点じて戻ってきた。

まず一服吸い、

「で、鉄源は、押っ取り刀で佃島へ駆けつけた。すでに遺骸は岡に上げられていたが、検分するうちに、どうやら水死体ではないと気づいた。というのも、長らく水につかっていたか、死体は屍蠟《しろう》の体《てい》を呈していたし、首筋には扼殺《やくさつ》か絞殺《こうさつ》でもされたような跡があった。ほかにも、いろいろ不審な点もあり、検屍役人を呼ぶべく、手下を南町に向かわせたってえわけだ」

さらに一服、コンと灰吹き竹に煙管を打ちつけて灰を落とす。

蘭三郎が、ふと気づくと、茶を運んできたおふでが、いつの間にか米三の親分の話に聞き入っている。

「これ、おふで。女の子の聞くような話じゃあねえ。あっちに行ってなさい」

「女の子だなんて……。坊ちゃんと、たった二つしか歳がちがわないのに……」

口答えはしながらも、

「どうぞ」

茶を出すのに、

「ありがとさん」

米三の親分が礼を言うと、

「どういたしまして」

と返して、おふでは素直に立ち去った。

「いやあ、あの娘は年齢《とし》のわりには、しっかりしてらあ。ところで、あの娘の親父は、とんだ災難だったそうだな」

「お耳に入ってますか」

「どころか、仲間内じゃあ大評判だ。坊ちゃん、またまた大手柄だったそうですねえ」

「親分さんまで、坊ちゃん、は、よしてくださいよ」

「じゃあ、やっぱり蘭若さま、と呼びますかい？」

「それより、話の続きです」

こう寄り道が続いたのでは、どうにも落ち着きが悪い。

「そうだった、そうだった。えーっと、検屍役人を呼ぶところまで話したんだったな」

「そうです」

「するってぇと、南町の廻り方同心で植木栄太郎《うえきえいたろう》というのがやってきた。で、子細に検分したところ、少なくとも、絞殺か扼殺であることには間違いがない、それに五日以上は水中にあったものと鑑定した。ところが遺体は裸に剝かれて大川に投じられたものらしく、身許を示す手がかりはねえ。ただ右足首に千切れた麻苧真縄《あさおまなわ》が結びつけられており、こやつが舟溜りの舫綱《もやいつな》に巻きついたため、沖に流されずにすんだらしい、ということが分かった。また左足首にも、真縄の跡が残り、ところどころは魚に食われているという、むごたらしいことになっていたそうだ」

「つまり、なんですか。その遺骸は絞殺か扼殺かされた挙句に、裸に剝かれ、両足首に錘《おもり》でもつけて大川に捨てられ、底に沈んでいた、という状況ですか」

「ま、そういうこったな」

「で……」

蘭三郎は勢い込んで尋ねる。

「その遺体が、どうして鍾馗松と分かったんですか」

「それそれ。死骸の背には鍾馗の彫物があったんだ」

「うーん」

蘭三郎は、しばらく唸ったのち、いった。

「しかし、背中《せな》に鍾馗を背負った者なら、江戸に何人もいるでしょう」

彫物の絵柄としては、珍しいものではない。

「それがな……、ほれ、鍾馗松の長半纏同様に、松葉を添えた鍾馗さまだったってぇわけよ」

「うーん」

蘭三郎は、もう一度、唸った。

2

米三の親分の話は、それで終わったわけではない。

まだ続く。

「だが、そんな彫物があったからといって、植木の旦那にしろ、鉄源の親分にしろ、そうと分かるはずもねえ。とりあえずのところは戸板に乗せ、筵《むしろ》をかぶせて漁具小屋に安置すると、一旦は南町の町奉行所に戻り、〈言上帳《ごんじょうちょう》〉と〈欠落帳《かけおちちょう》〉に目を通した。しかし、それらしい記録はねえ」

〈欠落帳〉というのは、一種の行方不明届けのようなものだ。

人別帳に名があり、出奔《しゅっぽん》、あるいは逐電《ちくでん》があった場合、男女の関係の駆け落ちとは関わりなく、読みは同じで欠落と呼ぶ。

放っておいては、場合によっては、お咎めがあった。

たとえば、欠落者が犯罪に手を染めた場合、家族に累《るい》が及ぶ。

それを避けるためには、届け出が必要であったのだ。

規定では、欠落と分かった日から三日間待ったのち、三十日以内に届けを出さなければならない。

具体的には欠落者《かけおちもの》を出した家の当主が、五人組の町役人《ちょうやくにん》に同道してもらって月番、非番にかかわらず、南北の両町奉行所に届け出て、〈言上帳〉と〈欠落帳〉に帳付《ちょうづけ》してもらう。

佃島に漂流した死体は、少なくとも五日以上も水中にあったと思われるが、それなら、あるいは……と、南町同心の植木栄太郎は考えたようだ。

「あるいは、まだ届けが出されていないか、それとも町奉行の手が届かない、ずっと上流から流されてきて、たまたま佃島に漂着したのではねえか、と植木の旦那は大いに悩んだ」

米三の親分、まるで植木栄太郎から聞いてきたように話す。

「悩んだ挙げ句、どうなりました」

再び米三の親分が、煙管に煙草を詰めはじめたので、蘭三郎は続きを促した。

どうにも米三の親分の話は長いが、正確を期するためにも、ここは詳細を知る必要があった。

「うん。植木の旦那は、まだ廻り方になって日が浅い。だから、というんでもなかろうが、八丁堀の組屋敷に戻ってからも、いかがすべきか、と一晩じゅう……では、ねえかもしれねぇが悩み考えた。無理もねえ。身許は分からず、どこから流れてきたのかささえ分かんねぇんだからなあ」

いいながら、再び行燈ににじり寄って煙草に火を移す。

「………」

すでに蘭三郎には、話の続きが見えてきたが、ここは話の腰を折らぬがよかろう、と考えている。

一服やって、話は再開された。

「結局のところ、植木の旦那は翌朝になって、こういう場合は、いかがしたらよろしかろうか、と中島の旦那に相談をした」

(やっぱり!)

廻り方を永年続けた古強者が、臨時廻り同心となり、若手の廻り方同心の教育係も兼ねている。

そうする、はずだ。

「中島の旦那は、話を聞くなり、それなら心当たりがある。先日来、俺が追いかけている事件《ヤマ》に関連があるかもしれねえから、あとは俺に預けてくれねえか、となる。もちろん、植木の旦那に否やはない。いや、本心、助かったと思ったにちげえねえや」

中島兵三郎は、さっそく米三の親分を呼び出し、鍾馗松の家に行って、鍾馗松の顔、特徴を知る女房なりを佃島まで引っ張ってこいと命じた。

「そこで俺は、以前に鍾馗松のところへやった梅次と、ついでのことに和助も連れて、小網町二丁目に、向かったってぇわけだ」

一方、中島兵三郎は、再度の検屍をおこなうため、例の検屍に関しては南町随一の腕前の持ち主、金子平左衛門とともに佃島へ向かっている。

さて、米三の親分が鍾馗松の家に着いて事情を話したところ、女房のおたねが、ごねだした。

――だって、うちの亭主は、江ノ島に遊びに行って、きょう明日にでも戻ってこようかという頃合いだよ。そんなところで、おっ死《ち》んでいるわけがないじゃあないか。他人だよ。他人に決まっていらあ。

なおも説得すると、

――いやだよ、そんな気色《きしょく》の悪いもの。金輪際《こんりんざい》、見たくはないよ。

と、にべもない。

結局のところ、小頭を務める宗助が人定《じんてい》のため佃島まで行くことになった。

「あっしらが着いたとき、すでに再検屍は終わっていやして、こりゃあ、あとから聞いたことですが、金子の旦那の見立てでは、死因は絞殺、細引きの紐で絞《し》めたようだ、とのことで、また水中に浸かっていた時間は、およそ十日ばかり」

「ははあ……」

蘭三郎の頭のなかでは、活発な活動がはじまっていた。

「で、鍾馗松のところの宗助の人定だが、宗助がいうには、こう変わり果ててしまっては、はっきりとはしねえ。似ているといわれれば、そんな気もするが、まったく他人のような気もする、といった具合で、もうひとつ歯切れが悪い。すると、中島の旦那が、こう聞きなさった」

鍾馗松の背中の彫物を入れた彫り師は誰だ、と聞かれた宗助は、

――いやあ、親方が彫物を入れたのは、もう二十年近くも前のことですからねえ。そのころのあっしは、まだガキで、鳶にさえなっていないころですからねえ。

と、答えた。

　すると中島兵三郎は、こういった。

「鍾馗松ほどの男が入れた彫物なら、おそらく、名の通った彫り師であろう。湯屋《ゆうや》などで、いや、立派な彫物でござんすねぇ、と賞められれば、おう、誰々の作でぇ、くらいの自慢はしただろう。抱えの鳶たちにも自慢したはずだがなあ」

　すると、宗助は、しばらくの間考えていたが――。

――ああ、そういやあ思い出しやした。えーと、あれは……。そうそう、薬研堀《やげんぼり》の彫りたつとか、聞いた覚えがあります。

――ふむ、薬研堀の彫りたつ、だな。

「ということになって、俺たちは、その彫りたつ、ってえ彫り師を捜し出して、佃島に連れてくることになったってえわけだ。いやあ、これには苦労したぜ。またぞろ、佃之渡に乗って、とりあえず薬研堀に向かって聞き込みをかけたら、彫り師の辰五郎《たつごろう》、すなわち彫り辰とは分かったんだが、三年ほど前に引退し沽券《こけん》を売って、どこかへ引っ越していったっていうじゃねえか。所は薬研堀埋立地で、御家人の家や医者が多くて医者町とも呼ばれるところだ。組合辻番所はあるが、自身番はねえし、いろいろ聞き込んでも辰五郎の行方は分からねえ」

　ほとほと困った米三の親分だが、ひょいと［日本一元祖四目屋］の看板を見て、帆柱の喜平親分を思い出した。

藁にもすがる思いで横山町の隠居所へ行くと――。

――ああ、彫り辰なら、これからは海を眺めて暮らすんだといって、鉄砲洲築地の南の端の、明石町《あかしちょう》ってぇ海辺の町へ越していったぜ。

と、いとも簡単に分かった。

3

「明石町ってのは、播州《ばんしゅう》明石の風景に似てるってんで、ついた町名だが、なんのことはねえ。佃島とは目と鼻の先じゃあねえか」

米三の親分は、苦笑しながら続けた。

「結局のところは、とんぼ返りして、今はただの辰五郎になった年寄りを、佃島に連れていったところ、彫物を一目見るなり、間違いはござんせん。こいつぁ自分が鳶の松之介に彫ったもんです、と答えやがった。これで決まりだ」

そんなこんなで、こんな時間になってしまったが、これまでのこともあるので、蘭三郎には状況を伝えようと思って立ち寄った、と米三の親分はいう。

「それは、ご苦労様でした」

「いやいや……。で、蘭若さまなら、この謎を、どう解きなさる？」

米三の親分が、試すような口ぶりになった。

「謎といいますと……」

「ふん。蘭若さまの最初の見立てだと、鍾馗松は派手な旅装で品川あたりまで行き、どこかで着替えて、この十軒長屋まできて、無理心中に見立ててお軽と常吉を殺して逃亡した、ってぇことだったが、肝心の鍾馗松は、殺害《せつがい》されて、錘《おもり》でもつけられて大川の底に沈んでいた……」

「そうですねえ……」

蘭三郎は、しばし考えたうえで答えた。

「つまり、鍾馗松には最初から江ノ島へ遊びに行く予定などなかった。その鍾馗松に化けて、品川まで行き、目撃者を作っておいて、この十軒長屋で無理心中を装ったのは、おそらく小頭の宗助じゃあないでしょうか」

「ううむ……」

米三の親分が唸る。

蘭三郎は続けた。

「これは想像ですが、小頭の宗助は鍾馗松の家に住み込んでいる。いつしか、鍾馗松の女房のおたねといい仲になった。そして自分が鳶の親方に、取って代わりたい。色と欲との二段重ねというやつで、もちろん、おたねも共犯者だ。

といって、ただ鍾馗松を殺《や》っちまったんでは足がつくおそれがある。そこで知恵を絞った。幸いというか鍾馗松には、お軽という妾がいる。そしてお軽には常吉という密男《みそかおとこ》がいる。それで鍾馗松は嫉妬に狂い、江ノ島遊覧という口実をお軽に伝え、お軽が常吉を引き入れるよう計らったうえで二人を片づける。

そんな絵を、宗助とおたねは描いたんです。もし、あの無理心中が、ただの無理心中としてすまされれば、それも良し。いわゆる捨て駒に使われたんだ。だが、万一、無理心中ではない事件として扱われれば、当然のことながら鍾馗松に疑いがかかる。だが、鍾馗松が江ノ島遊覧に出かけた。しかも、いつまでたっても戻らないとなると、やはり鍾馗松が犯人で、そのままドロンと逃亡したということになる。

もちろん鍾馗松は、そんなことは存じも寄らず。どころか、おそらくは今月十四日のうちに、宗助とおたねに殺されて、人目を引かない夜を待ち、密かに大川にドボンというところでしょう。

それから、ついでながら、お軽に鍾馗松が江ノ島遊覧に出かけると伝えたのは、宗助の仕業だったと思います」

一気呵成に話して、蘭三郎は、ふう、と大きく息をついた。

「いやあ、驚いた。中島の旦那と寸分たがわねえ筋書きだ。いやあ、たいしたもんだ」

米三の親分は、あくの強い顔を驚いた表情に変えて大仰にいったあと、

「だが、肝心の証拠がねえ。それで明日《あした》からは、宗助とおたねについて、徹底的に洗い出すことになった」

「そうですか。もしなにか分かったら、ご面倒でしょうが、お知らせを願えますか」

「もちのろんだ」

米三の親分は請け負った。

毒を食らわば皿まで、ともいう。

最初は無関心だった事件の解決に、いつしかのめり込んでいく自分を、蘭三郎は感じていた。

（つい二日前、父上に、探索の才に秀でている、と褒められたせいか……）

「いやあ、すっかり邪魔しちまったなあ」

いって、米三の親分は帰っていった。

4

二日が過ぎて、八月も晦日《みそか》の二十九日になった。

この日は［卯の花］の定休日にあたり、母のおりょうも、朝からどこかくつろいだような気配があった。

一緒に朝食の膳をとりながら、母がいう。

「近ごろ、毎晩のように米三の親分さんがおいでだそうだね」

「はあ」

「ふうん」

なにか、いわれるかと思ったのだが、結局のところ、母はそれ以上は尋ねなかった。

おそらくは、おふでから、だいたいの事情は聞いているはずだが……。

そういえば、先日、父親と初めて［卯の花］の座敷に上がったとき——。

——もう蘭三郎も一人前だ。そこらのでくの坊より、よほど以上に立派に育った。

それというのも、おりょうのおかげだぜ。

父は母に、上機嫌にいって、

――来年あたりは、元服をさせようかと思っておる。烏帽子親《えぼしおや》には年番方《ねんばんかた》与力の谷《たに》村源左衛門《むらげんざえもん》さまに、お願いしようかと思っている。年番方与力が烏帽子親ともなれば、蘭三郎の将来も万全というものだ。

年番方与力といえば、いわば筆頭与力で、北町奉行を務める曲 淵景漸《まがりぶちかげつぐ》を除けば、北町奉行所いちばんのお偉方といってもいい。

そのとき、母は無言で微笑んでいたものだが……。

ところで――。

米三の親分と、その手下たちが総力を挙げて、鍾馗松の女房、おたね、それに住み込みの小頭である宗助について、聞き込みを開始した結果、二人の仲を怪しんでいる者は、実に多数にのぼったそうだ。

米三の親分の言を借りると、

――元々が、おたねというのは、親仁橋《おやじばし》近くの堀江町で、小料理屋の仲居をしながら客にも転ぶっていうような女で、そんな性悪女《しょうわるおんな》に、よくも鍾馗松が引っかかったものだ、と陰口をたたく者もいれば、小舟町《こぶなちょう》一丁目にある船宿に、宗助とおたねが連れ立って入っていくのを見た、ってえ目撃者まで現われた。

いわゆる、出会い茶屋みてぇな真似をする船宿でな。さっそく、その船宿へ飛んでウラを取ろうとしたんだが、臑《すね》に傷持つ稼業だもんだから、ぬらりくらりと知らぬ存ぜずを決め込みやがって、結局は無駄足だったわけだが、うん。まちげぇはねえ。あの二人、ずいぶんと前からできてたようだぜ。

というこただ。

さらには、米三の親分の口から、重大な事実が告げられた。

——こりゃあ、鍾馗松の家の南にある、陸奥磐城平藩、中屋敷の辻番人の話だが、仲秋の名月の前夜っていうから、八月十四日のことだ。その夜、五ツ（午後八時）も過ぎたころ、北から荷車を引いて、行徳河岸のほうへ向かう男が目撃されている。だが、男は頬かぶりしていて、その面体《めんてい》までは分からなかったそうだ。番人は、夜中に提灯もなしで、しかも頬かぶりで荷車を引く男を怪しんだそうだが、もしや夜逃げでもあろうか、と哀れんで、結局のところは、そのまま見過ごしたといっている。

蘭若さまも鍾馗松の家を訪ねているから、ご承知だろうが、あの小網町の裏通りは、明星稲荷の一角を除けば、ずっと両側は大名屋敷が続いて、ほとんど人通りもないあたりだ。死骸を運ぶのにゃあ、あれほど恰好な通りもねえ。俺は、宗助が鍾馗松の死骸を荷車に積んで、運んだにちげえねえと思ってらあ。

蘭三郎も、それにちがいないと確信した。

となると、それから先は舟に乗せて大川へという寸法になるわけだが、それで明日からは、行徳河岸や蠣殻町、その周辺をくまなく、それらしい舟の目撃者を捜し出す、と米三の親分はいった。

それが、一昨日のことだ。

そして昨夜にやってきた米三の親分は——。

——残念ながら、まあだ舟の目撃者は見つからねえ。近隣の船宿、貸し船屋もあたってはいるが、まだこれといったアタリもねえ。明日も続けて、なにがなんでも見つけ出してやるぜ。

疲れを滲ませた顔でいうと、

——だが、なにも進展がなかったというのじゃねえぞ。実は、鍾馗松が囲碁好きで、その碁敵《ごがたき》が永久橋袂にある両番役の、千石の旗本、日向《ひゅうが》左京《さきょう》さまの用人で、村井《むらい》半《はん》左衛門《ざえもん》というお方だと聞き込んだ。俺たち岡っ引きが入《へえ》れるようなところじゃねえんで、中島の旦那にお願いして、村井さまを訪ねていただいた。

すると、どうでい。村井さまがおっしゃるには、鳶の松之介親方とは、今月二十日に手合わせの約束をしていたが、なんの断わりもないまま約束を反故《ほご》にされた。それからのちも連絡はなく、立腹をしておったのだが、まさか殺されていようとは思わなかった、と驚いていなさったそうだ。

となると、どうでい。やっぱり鍾馗松が八月十五日から、江ノ島遊覧に出かけたなんてぇ話は、でたのらめ、ってぇことになるだろう。それで、こいつで宗助を引っ張り、痛めつけてやりましょう、と俺はいったんだが、中島の旦那は、それにはまだ早い。ぐぅの音《ね》も出ないような証拠を探し出すのが先だ、といいなさる。

米三の親分の気持ちも分かるが、それだけの証拠では、たしかに弱い、と蘭三郎も思った。

そして、昨夜、米三の親分が帰っていったのちに、蘭三郎がじっくりと考えたことがある。

母との朝食を終えて、しばらくののち、

「ちょいと出かけてきます」

母に断わりを入れて、蘭三郎は家を出た。

5

昨夜、蘭三郎は江戸の絵図を広げて、じっくりと考えを凝《こ》らした。

八月十四日の五ツ（午後八時）ごろ、陸奥磐城平藩、中屋敷の辻番人が目撃した、頬かぶりで荷車を引いていた男とは、宗助で間違いはなかろう。

そして荷車には、鍾馗松の死体が積まれていた……。

番人の話では、男は小網町の裏道を南へ下っていったというから、突き当たる先は汐留橋《しおどめばし》、ということになる。

おそらくは、その橋袂の舟付場に舟を待たせていた、と思われる。

死体の足首に錘《おもり》を結わえつけ、大川に沈めるという作業は、一人でできないこともなかろうが、やはり、二人は必要であろう、と蘭三郎は思う。

それも、女では無理だ。おたねではない。

すると船頭、それに宗助の二人がかり、ということになるだろう。

さて、その船頭は……？

大金を積んだか、それとも……？

まあ、頭で考えるだけで、その正体が知れるはずもない。

問題は、そこから舟が、どう進んだかだ。

舟には死体が積まれている。

そういったときの、心理を推量する。

汐留橋は行徳河岸と蠣殻町を結ぶ橋だが、行徳河岸の西の外《はず》れは、いわば水路の交差点のようなものだ。

東西南北、いかようにでも水路を選べる。

まずは、東を考えてみよう。

東に進めば、永久橋の下をくぐり、ということになるのだが、その行く手には、灯り燦《きら》めき、群衆がさんざめく中洲新地の繁華街がある。

間違えても、そんな方向には進むまい。

北は、大川から遠ざかる方向だから、これもない。

もっとも近道なのは、南へ、すなわち霊岸島新堀を突っ切って、永代橋《えいたいばし》の南に出るという水路だが、ちょっと待て。

永代橋西詰めには御船手《おふなて》番所がある。

いわば海の関所のようなもので、出入りの船を昼夜の別《わかち》なく見張っている。

おそらく、そんな水路も取るまい。

となると、霊岸橋《れいがんばし》をくぐって、八丁堀と霊岸島を分かつ水路しか残っていない。

あとは、蘭三郎が暮らすところから近い一之橋をくぐる新川で大川まで出るか、霊岸島を、ぐるっとまわって越前堀で大川に出るか、の二者択一しかない。

さて、どちらか？

八丁堀は、いわずと知れた町方の街、そんなところを長く通りたくはないだろう。

つまりは、新川を使って大川へ出た。

それから、どうする？

どのあたりで、死体を沈めるかだ。

ちょいと下流には石川島があり、それに寄り添うように、さらに下流に佃島がある。

石川島は、昔は鎧島《よろいじま》と呼んだそうだが、寛永《かんえい》年間（一六二四～一六四四）に、船手《ふなて》頭《がしら》であった石川八左衛門《いしかわやざえもん》が、この島を拝領してより、代々が居を構えている。

それで八左衛門殿島《やざえもんどのじま》とも呼ばれる島だ。

余計なことながら、ここに人足寄場《にんそくよせば》ができるのは、これより七年後のことになる。

つい脱線をしかけたが、この石川島、佃島あたりは、もう大川河口というより、外海に近く、そのあたりを総称して江戸湊《えどみなと》という。

菱垣廻船《ひがきかいせん》や北前船《きたまえぶね》など、大型の船舶の多くが石川島の周囲に碇泊《ていはく》して、その数も半端ではない。

そんな大型船には、積載した荷を盗まれないよう、三交代の見張り要員がいるから、あまり近づきすぎると、死体を投げ込むところを目撃されるおそれがある。

となると、投棄場所は自《おの》ずと絞られてくる、と蘭三郎は結論したのであった。

家を出た蘭三郎は、新川沿いを東に向かった。

南新河岸《みなみしんがし》と呼ばれる河岸地は蔵地になっていて、ほとんど新川を見ることはできない。

霊岸島銀町《しろがねちょう》一丁目と二丁目の間に二之橋があり、二丁目が尽きるあたりに三之橋がある。

この河岸通りには、圧倒的に下《くだ》り酒問屋が多い。

下り素麺問屋や、醤油酢問屋もあるが、こういった店へは、江戸湊に碇泊した大船から、荷を荷足舟《にたりぶね》に積み替えられて、大川際の稲荷河岸へと着けたのち、それぞれの問屋の蔵へと運ばれるという寸法だ。

三之橋あたりを過ぎると、俄然、眺望が開ける。

その大川端の河岸が稲荷河岸で、〈いなりがし〉とも〈とうかんがし〉とも呼ばれるところ、月見の名所でもあった。

この河岸地からは、広々とした外海を展望できる。

蘭三郎も幼いころから、ここへよく海を眺めにきたものだ。

乙字湯《おつじとう》を煎《せん》じる舟番人

1

だが、きょうの蘭三郎の目的は、そういったものではない。

この河岸地では、霊岸島銀町の問屋へ積み荷を運ぶ荷足舟が、常時行き来して、夜ともなれば、早朝からの仕事に備えて杭に舫《もや》ったまま寝起きする船頭もいるし、また、それぞれの問屋が共同して使う荷足舟は、舟付場に舫われる。

そして、共同の舟番小屋もある。

その番小屋の番人が、あるいは仲秋の名月の前夜に、なにか不審な舟を目撃しなかったかを尋ねにきたのだ。

舟番小屋の番人は、たいていがその番小屋に住んでいる。

その粗末な舟番小屋は、大川の方向に向かって戸口があったが、開き戸は閉じられていた。

「おそれいります」

それで蘭三郎は、外から声をかけたのだが、応答はない。

そこで、開き戸を引くと、簡単に開いた。

もう襤褸《ぼろ》に近いような掻巻《かいま》きが膨らんでいる。

番人は寝ているようだ。

気の毒とは思ったが、

「すみません。お願いします」

蘭三郎が、なおも声をかけると、掻巻きが動いた。

「朝っぱらから、なんだよう」

むさ苦しい老人が、半身を起こした。

「おそれいります。今月の十四日、仲秋の名月の前夜のことですが……」

用件を告げたのだが……。

「そんな前《めえ》のことなんか覚えちゃいねえや。なんでえ、ひとがせっかく寝ついたばかりのところをよう」

ひどく不機嫌な声が返ってきた。

どうやら、機嫌を損ねたらしい。

あきらめるしかなかった。

この稲荷河岸には、舟番小屋以外の建物はない。

あるのは霊岸島銀町二丁目の、いちばん端に建つ［大野屋《おおのや》］という釘鉄銅物問屋の側壁《そくへき》だけだ。

そこで蘭三郎は、三之橋を渡った。

渡った先には北新堀大川端町《おおかわばたちょう》というのがある。こちらの河岸も、また稲荷河岸という。

大川に沿って細長く続く町だから、さっきの河岸より、ずっと大きい。

月見客目当てに、屋台店などが集まるのは、こちらのほうだ。

その河岸地に一ヶ所、大きな蔵があり、その脇に舟付場があって舟番小屋がある。

［富士屋《ふじや》］という藍玉《あいだま》問屋の大店の蔵と専用の舟付場だ。

［富士屋］では、得意先への藍玉の配達に舟を使う。

三艘の荷足舟を持っていて、舟番小屋は、その舟の番人の住処《すみか》だ。

舟番小屋の横に、年寄りが一人しゃがみ込んで、素焼きの七輪《しちりん》に渋団扇《しぶうちわ》で風を送っている。

見たところ、薬を煎じている様子だ。おそらく舟番小屋の番人であろう。

「こんにちは」

蘭三郎が声をかけると、鶴のように細い老人が、

「ああ、いい日和《ひより》だねえ」

答えが返ってきた。

「薬を煎じていなさるんですか」

蘭三郎も老人の横に、しゃがみ込みながら尋ねた。

「ああ」

「どこか、お悪いんですか」

「なんの。わしゃ、じぬしでな」

「ははあ……」

ふと蘭三郎が七輪の傍らを見ると、風で飛ばされないように石を乗せた、赤色の薬袋が置いてあった。

大きな黒丸の中に「じ」と書かれ〈乙字湯〉の文字がある。

なるほど爺さんは、痔主、としゃれたらしい。

「ところで、お尋ねしたいことがあるんですが……」

爺さんの機嫌が良さそうなので、蘭三郎は、さっそく、聞き込みにかかった。

「ふん。今月十四日の夜なあ。うん。実はのう、わしゃあ、あの夜、卦体《けたい》の悪いものを見た」

「と、いいますと……」

「あすは十五夜で、このあたりが賑やかなことになるなあ、と思いながら、前の月見としゃれ込んでおったんじゃがのう」

「………」

後《のち》の月見というのはあるが、前の月見というのはない。

これまた、爺さんのしゃれであろうか。

「で、卦体の悪いものとは、なにを見たんですか」

爺さんが口を閉ざしてしまったので、蘭三郎は催促した。

すると爺さんは渋団扇の手を止め、じいっと蘭三郎を品定めするように見たあと、

「災難が降りかかるかもしれんから、誰にもいうんじゃないよ」

「はい。気をつけます」

「うん」

と、いいつつ爺さんは、手にした渋団扇を、やや南東に向けて、

「五十間（約九〇メートル）ばかりも先になろうかの、ちょうど向こう岸との川幅の、真ん中あたりじゃ。一艘の荷足舟から、どぼんと、なにかが投げ込まれたんじゃ」

それから爺さんは、少し口をもぐもぐさせたあと、いった。

「そのときゃあ、いったい、なにを放り込みやがったのか、と、思ったもんじゃが、だんだんに、もしや、ひとでも投げ捨てたのじゃあねえか、と思いはじめたら、もう、気になって、気になって、仕方がねえのよ。もし、うっかり、そんなことを話そうものなら、下手人の耳にでも入り、命を狙われるかもしれねえから、おまえさんも、誰にも話すんじゃあねえよ」

「はい。分かりました」

いいながら蘭三郎は、

（これだ！）

心の裡《うち》に叫んでいた。

「で、その荷足舟ですが、なにか特徴はありませんでしたか」

「それ、それ。特徴というようなもんではねえが、船提灯がなあ」

「船提灯？」

「そうじゃ。普通のとはちがって、赤い……。そうじゃ」

といって、足元の〈乙字湯〉の薬袋を指して、

「この色より、もう少し薄い赤色の提灯でな。この薬袋には丸の中に、じ、と書いてあるが、船提灯のほうは、丸の中に、高い安いの、安、という字が書かれておったぞ」

「赤い船提灯で、丸の中に安という字ですね」

「そうじゃ、そうじゃ。それにじゃな。わしゃ、こう見えても遠目が利くのじゃが、舟の腹のところにも、丸に安の字が書かれていた。どぼん、となにかを投げ込んだあと、荷足舟は船首を巡らせて、また上流に漕ぎ去っていったのじゃが、そのとき、よほど、こっちに近づいたのでな。そのときに、船提灯の明かりで、はっきりと見えた」

「なるほど……」

夜間を航行する舟は、必ず灯りを入れる。

でないと事故を起こすし、また、かえって怪しまれる。

それに、おそらく、菰《こも》包みにでもして隠していたところから、死体を取り出すのに、灯りは必要なはずである。

静かな興奮が、蘭三郎の内部から突き上げてきた。

2

舟番小屋の年寄りに礼をいい、再び三之橋を渡りながら、

（さて……）

と、蘭三郎は考える。

すぐにも、米三の親分に伝えたいところだが、米三の親分と、その手下たちは、きょうも小網町付近で聞き込みを続けているはずだ。

といって、出かけていっても、出会えるという保証はない。

（どうせ、夜には、やってくるだろうが……）

つい、そんなふうにも考えたが、今はまだ正午までにも一刻（二時間）以上という時分であった。

それを夜まで待つ、というのは、少しばかり悠長すぎはしないか……。

で、結局のところ、蘭三郎は東湊町二丁目の〔米屋〕を訪ねることにした。

伝言さえ入れておけば、あるいは米三の親分の手下なり、なんなりが残っていて、

連絡が取れるかもしれない、と考えたからだ。

二之橋袂の先の角を左に折れると、霊岸島銀町の三丁目、ここにも下り酒問屋があり、船具問屋がある。

やがて道は鍵型に曲がるが、曲がったあたりが四丁目、ここには［大野屋］という麻苧《あさお》問屋がある。

二丁目の端っこに建つ釘鉄銅物問屋と同名の店だが、縁戚関係にあるのかもしれない。

四丁目を過ぎると、東湊町一丁目に入るが、ここには御府内八十八ヶ所の、十三番札所である円覚寺という寺がある。

このあたりを、開《あ》かずの門通りとも呼ぶのは、円覚寺の斜め向かいにある、越前福井藩《えちぜんふくい》の中屋敷の裏門が、かつて開いた試しがなくて、開かずの門、と呼ばれているからだ。

それはそれとして、この円覚寺、霊岸島七不思議のひとつに――。

円覚寺の宵薬師《よいやくし》

と、ある。

というのも、ここの薬師仏は毎月七日と十一日の宵薬師だけが縁日で、ほかの薬師のように八日と十二日まで持ち越さないからである。

ついつい、霊岸島細見《さいけん》みたいなことになってしまったが、屋上屋《おくじょうおく》を重ねると、この円覚寺、明治になって火災に遭い、廃寺となってしまった。

蕎麦屋の〔米屋〕に入ると、まだ昼前とあって客の姿はないし、奥から蕎麦を打つ音だけが聞こえてくる。

「こんにちは」

そこで声をかけると、女将が顔を出して「あら、まあ」と、いったのち、

「近ごろは、うちの亭主が、すっかり世話をかけてるようで、すまないねえ。まあ、茶でも淹れるから、その辺にお座りよ」

「いえ、実は親分さんに急いで耳に入れたいことがあって、立ち寄ったのです。親分さんとは連絡が取れそうですか」

「さあって……。そうだねえ。いや、なんとかしようじゃないの。なんだか、大事な話なんだろう」

「はい」

「じゃあ、なんとかするよ」

「申し訳ありません。じゃあ、わたしは家で待っておりますんで、よろしくお願いをします」

用件だけを告げて、十軒長屋に戻った。

「ただいま、戻りました」

表座敷で読本を読んでいる母に、帰宅の挨拶をすると、

「おや。ずいぶん、早いお帰りだね」

「はい。のちほど、米三の親分さんが見えられるかもしれません」

「おや、そうかい」

そう答えただけで、ほかには、なにも聞いてこない。

以前は、あれこれと尋ねてくる母が、ここのところ、さっぱり様子が変わったのが、なんだか気味が悪くもある。

以前は、動静を探るような母をうっとうしく思っていた蘭三郎だが、逆に、少しばかり物足りなくもあった。

昼餉をすませたが、米三の親分は、まだ現われない。

やはり、見つけ出すのに苦労しているようだ。

二階の自室で待つ蘭三郎の耳に、表戸口が開く音が届く度《たび》、

(きたか)

と、思うのだが、どうやら、おふでが出入りするときの音らしく、そのうち蘭三郎は、いちいち聞き耳を立てるのをやめた。

(この分だと……)

きょうは、竹中道場には行けそうにないな、と蘭三郎は思った。

明日からは九月、いよいよ格付詮衡の日が近づいてきた。

(ま、仕方がないか)

昇級できなければ、来年の三月の格付詮衡で頑張ればよい、と覚悟を決めた。

そして八ツ(午後二時)の鐘が鳴って、しばらくがたったころ――。

パタパタと階段を上る、おふでの足音が聞こえたと思ったら、

「待ち人、きたる」

と、いった。

思わず蘭三郎は苦笑して、

「米三の親分か」

「そう」

さっさく階下に降りると、米三の親分と母が挨拶を交わしていた。

「いや、待たせちまって、すまねえな」

よほどに、急いできたのだろう。

目も鼻も口も大きい、米三の親分の顔は汗にまみれていた。

「外で話しましょう」

母に聞かせるには、少し血なまぐさい話のような気がして、蘭三郎は米三の親分を裏通に引っ張り出した。

それから、かくかくしかじか、と舟番小屋の番人から聞いたことを話す。

「なんだって……！　赤い船提灯には、丸に安の文字、荷足舟の置き板《おいた》にも、同じのが書きつけてあったたってかい」

「おきいた？」

「ああ、舟の横っ腹のことを、そう呼ぶのよ。それにしても蘭若さま、いってぇ、どうやったら、そんな大事《でえじ》な証人を見つけ出してこられるんです？」

「まあ、それを話せば長くなりますんで、のちのこととして……」

「なるへそ。そりゃあ、そうだ。えーっと、丸に安の字なあ。うーん……。あっ！」

少し大きな声になった。

「思い当たることでも……」

「いや。うーん……。実は、梅次の野郎に、宗助の両親や兄弟《きょうでえ》なんかの、人別帳《にんべつちょう》を当たらせていたんだが、たしか宗助には、安二郎《やすじろう》っていう弟がいたなあ」

「…………」

「もしかすると、もしかするかもしれねえ。さっそく、安二郎のことを当たってみるぜ。すまなかったなあ。また報告にくらあ」

いうと、米三の親分は、足早に立ち去っていった。

3

九月に入った。

きょう、九月一日は彼岸明けの日でもある。

また一日は三日《さんじつ》の休《きゅう》にあたり、直心影《じきしんかげ》流《りゅう》の長沼道場も、起倒《きとう》流《りゅう》竹中派の竹中道場も稽古が休みの日であった。

蘭三郎は、なんとも落ち着かない気分で自室にいる。

というのも、きのうの昼下がりに別れたきり、米三の親分がやってこない。

（どう、なった？）

蘭三郎は、それが気になって仕方がない。

その米三の親分は、お昼近くになってやってきた。

「大当たりだ」

蘭三郎の顔を見るなり、親分はいった。

「いやあ、宗助の弟、安二郎というのは、浅草本願寺《ほんがんじ》の南、ずらあーっと寺が並んでいる寺町の、天台竜宝寺《てんだいりゆうほうじ》の門前地にある裏長屋が塒《ねぐら》でな。まずは、近所の聞き込みからはじめたところ……」

安二郎は請負《うけおい》船頭といって、これは自前の荷足舟を持ち、あちらに傭《やと》われ、こちらに傭われ、という生業《なりわい》の船頭であるそうだ。

「で、安二郎は、裏長屋からすぐの新堀川にかかる抹香橋《まっこうばし》袂に、夜中は荷足舟をつけていると聞いてな。仕事で出かけているかもしれねえが、念のためにって抹香橋を覗くと、なんと、まさに置き板のところに、丸に安の文字がある荷足舟があるじゃあねえか。さらに念には念を入れて、船提灯のことを聞き込んだら、確かに赤い船提灯で、丸に安の文字が入っているという。

こうなりゃ、もう、間違ぇはねえ。すぐにも安二郎をしょっ引こうと決めて、長屋に乗り込んだのだが、こいつが蛻《もぬけ》の殻《から》だ。といって、トンズラをかましたのではねえ。長屋の連中に尋ねると、近ごろ安二郎は金廻りがよくて、ときおりは仕事もせずに、女郎買いにでも行くのか、長屋をあけて、朝帰りをするようだ、とのことだった」

そこで米三の親分以下、手下たちは、あちらこちらに身をひそめて、安二郎の帰りを待つのだが、夜が更けても戻ってこない。

それで、交代交代の見張りに代えて、近くの寺に頼んで仮眠を取ったりしたのだが、とうとう、朝になっても戻ってこない。

「それで手下たちに、安二郎が長屋に戻ったら、かまわず引っくくって、すぐ近く、浅草安倍川《あべかわちょう》町の自身番にでも繋いでおけと命じて、とりあえず俺は、中島の旦那のところに事の次第を報告して、その足で、ここへやってきたってわけよ」

「いや、それはご苦労さまでしたね」

「なんの、なんの。これも蘭若さまのおかげだ。中島の旦那からも、よろしく伝えてくれとの伝言でござんす」

「いやあ、まぐれですから」

「そうそう何度も、まぐれが重なるもんですかい。じゃあ、取り急ぎ、ご報告にきた次第で、俺ぁ、天台竜宝寺のほうへ戻らせていただきやす」

疲労の色も見せず、親分の声には張りがあった。

「はい。吉報をお待ちします」

たしかな手応えを得て、蘭三郎もまた元気をもらった気分であった。


実は、そのころ――。

すでに、安二郎は米三の親分の手下たちに捕らえられ、浅草安倍川町、中通りにある自身番屋にくくりつけられていた。

安二郎の荷足舟が舫われていた橋は、正式の名を組合橋《くみあいばし》というのだが、新堀川の川向こうが寺町で、抹香臭いところから、俗称を抹香橋というのであった。


さて、安二郎の身柄は南茅場町の大番屋に移され、三日後の九月四日になって、ついにすべてを自白した。

この自白によって、兄の宗助と鍾馗松の女房、おたねの両名も捕縛されたのである。

4

九月も半ばを過ぎた。

十軒長屋の事件も、鍾馗松の事件も、すべてが解決を見たようだ。

南町の臨時廻り同心、中島兵三郎や蘭三郎の読みどおり、鍾馗松の女房のおたねと、男女の関係にあった宗助が、鳶の親方の後釜を狙い、おたねをたらし込んで仕掛けた、色と欲とが事件の発端であった。

それにしても、ややこしい筋書きを考えたもので、巻き添えで殺された、お軽と常吉が気の毒といえば、気の毒であった。

すでに元服を終えて、前髪が取れた山崎弥太郎と、蘭三郎は、二人揃って竹中道場の格付銓衡に落ちた。

つまりは、昇級できなかった。

まあ、あれだけ怠けたのだから仕方がない。

十軒長屋の事件の顚末《てんまつ》を、山崎弥太郎に教えると——。

「うーん。そうか。鍾馗松が犯人と決めつけていたのだが、結局は、そういうことになっておったのか。うむ。悔しいけれど、兜《かぶと》を脱ごう」

元服をすませたせいか、山崎にしては、いやにあっさりと自分の見込みちがいを認めたものだ。

と、思ったら——。

「ところで、おまえ、俺との約束を忘れてはおらんだろうな」

四目屋見学の念を押してきた。

それで、この日、蘭三郎は山崎を伴って、喜平おじさんの隠居所を訪れた。

「いいとも。お安い御用だ」

喜平おじさんは、蘭三郎の頼みを、あっさり引き受けて、

「じゃあ、さっそく、まいりましょうか」

と、いう。

蘭三郎が答える。

「わたしは、このあと、野暮用がありますので、この山崎だけをご案内ください」

すると山崎が、

「なんだ。一緒に行かぬのか」

「まだ、俺は元服前だ。そんなところに行けるわけがない。それに、野暮用がある、

というのは口実ではない。ほんとうに、行かねばならないところがあるのだ」

「ふむ。じゃあ、仕方がないが……」

不満そうながら、山崎は納得した。

さて、[日本一元祖四目屋]へ向かう喜平と山崎と別れた蘭三郎が向かおうとするのは、あの北新堀大川端町の藍玉問屋の、舟番小屋の番人のところであった。

あの爺さんが蘭三郎に――。

――命を狙われるかもしれねえから、おまえさんも、誰にも話すんじゃあねえよ。

と、念を押し、蘭三郎は、それに「はい」と答えた。

いわば、まあ騙《だま》し討ちのようなもので、このままでは蘭三郎の気がすまない。

それより、なにより……。

事件取り調べの証人として、あの爺さんは、たびたび大番屋に呼び出されたはずで、いよいよ裁判がはじまれば、御白州へ呼び出されるであろうことは明らかだった。

稲荷河岸へ向かう途中、蘭三郎は菓子折を買い、また薬種屋に立ち寄って〈乙字湯〉も求めた。

その二つを手みやげに、舟番人の爺さんに詫びをいいに行くのである。

それから数日が過ぎたころ——。

蘭三郎のもとに、思わぬ知らせが舞い込んだ。

おそらくは、中島兵三郎の進言によるものと思われるが、南町奉行の曲淵景漸直々《じきじき》に、蘭三郎に銀五枚の報奨金が出るという。

日は追って知らせる、とのことだ。

実に、思いがけないことになった。

銀一枚は、四十三匁。

およそ、三分の二両に匹敵して、五枚だと三両四分と少しということになる。

（もし報奨金をもらったら……）

あの舟番人の爺さんにも分けねばなるまいな……と、蘭三郎は考えている。

【筆者謹言】

本物語り中に登場する〈飛驒屋事件〉に関して、『座敷鷹』ホームページ中の記載記事を一部分、参考にさせていただきました。ここに謝意を表する次第です。

時代小説

二見時代小説文庫

天満月夜《あまみつつきよ》の怪事《ケチ》　八丁堀《はっちょうぼり》・地蔵橋留書《じぞうばしとめがき》2

著者　浅黄《あさぎ》　斑《まだら》

発行所　株式会社　二見書房
東京都千代田区三崎町二―一八―一一
電話　〇三―三五一五―二三一一［営業］
　　　〇三―三五一五―二三一三［編集］
振替　〇〇一七〇―四―二六三九

印刷　株式会社　堀内印刷所
製本　ナショナル製本協同組合

落丁・乱丁本はお取り替えいたします。
定価は、カバーに表示してあります。

ISBN978－4－576－14009－4
http://www.futami.co.jp/

陰謀の径《みち》　無茶の勘兵衛日月録6
浅黄 斑［著］

次期大野藩主への贈り物の秘薬に疑惑を持った江戸留守居役松田と勘兵衛は、その背景を探る内、迷路の如く張り巡らされた謀略の渦に呑み込まれてゆく！

報復の峠　無茶の勘兵衛日月録7
浅黄 斑［著］

越前大野藩に迫る大老酒井忠清を核とする高田藩と福井藩の陰謀、そして勘兵衛を狙う父と子の復讐の刃！正統派教養小説の旗手が贈る激動と感動の第7弾！

惜別の蝶　無茶の勘兵衛日月録8
浅黄 斑［著］

越前大野藩を併呑せんと企む大老酒井忠清。事態を憂慮した老中稲葉正則と大目付大岡忠勝が動きだす。藩御耳役・勘兵衛の新たなる闘いが始まった……！

風雲の谺《こだま》　無茶の勘兵衛日月録9
浅黄 斑［著］

深化する越前大野藩への謀略。瞬時の油断も許されぬ状況下で、藩御耳役・落合勘兵衛が失踪した！正統派教養小説の旗手が着実な地歩を築く第9弾！

流転の影　無茶の勘兵衛日月録10
浅黄 斑［著］

大老酒井忠清への越前大野藩と大和郡山藩の協力密約が成立。勘兵衛は長刀「埋忠明寿」習熟の野稽古の途次、捨子を助けるが、これが事件の発端となって…

月下の蛇　無茶の勘兵衛日月録11
浅黄 斑［著］

越前大野藩次期藩主廃嫡の謀略が進むなか、勘兵衛は大目付大岡忠勝の呼び出しを受けた。藩随一の剣の使い手である勘兵衛に、大岡はいかなる秘密を語るのか…！

秋蜩《ひぐらし》の宴 無茶の勘兵衛日月録12
浅黄 斑［著］

越前大野藩の御耳役・落合勘兵衛は、祝言のため三年ぶりの帰国の途に。だが、そこに待ち受けていたのは五人の暗殺者……！ 苦闘する武士の姿を静謐の筆致で描く！

幻惑の旗 無茶の勘兵衛日月録13
浅黄 斑［著］

祝言を挙げ、新妻を伴い江戸へ戻った勘兵衛の束の間の平穏は密偵の一報で急変した。越前大野藩の次期藩主・松平直明を廃嫡せんとする新たな謀略が蠢動しはじめたのだ。

蠱《こ》毒《どく》の針 無茶の勘兵衛日月録14
浅黄 斑［著］

越前大野藩の次期後継・松平直明暗殺計画は潰えたはずだが、新たな謀略はすでに進行しつつあった。藩内の不穏を察知した落合勘兵衛は秘密裡に行動を……

妻《め》敵《がたき》の槍 無茶の勘兵衛日月録15
浅黄 斑［著］

越前大野藩の次期後継廃嫡を目論む大老酒井忠清と越後高田藩小栗美作による執拗な工作は、勘兵衛と影目付らの活躍で撃退した。だが、更に新たな事態が……！

川霧の巷《ちまた》 無茶の勘兵衛日月録16
浅黄 斑［著］

江戸留守居役松田与左衛門と勘兵衛は越前大野藩を囲繞する陰謀の源を探るべくそれ迄の経緯を検証し始める。そして新たな事件は、女の髪切りから始まった……

玉《たま》響《ゆら》の譜 無茶の勘兵衛日月録17
浅黄 斑［著］

越前大野藩御耳役の落合勘兵衛に束の間の休息はない。江戸留守居役松田与左衛門が〝逼迫した藩財政の現状〟を話しはじめたのだ……やがて藩滅亡の新たな危機が……

与力・仏《ほとけ》の重蔵　情けの剣
藤 水名子［著］
続いて見つかった惨殺死体の身元はかつての盗賊一味だった…。鬼より怖い凄腕与力がなぜ〝仏〟と呼ばれる？ 男の生き様の極北、時代小説に新たなヒーロー！ 新シリーズ！

公事宿《くじやど》 裏始末　火車《かしゃ》廻る
氷月 葵［著］
理不尽に父母の命を断たれ、名を変え江戸に逃れた若き剣士は、庶民の訴証を扱う公事宿で絶望の淵から浮かび上がる。人として生きるために……。新シリーズ！

公事宿 裏始末2　気炎立つ
氷月 葵［著］
江戸の公事宿で、悪を挫き庶民を救う手助けをすることになった数馬。そんな折、金持ちしか相手にせぬ悪名高い四枚肩《しまいかた》の医者にからむ公事が舞い込んで……。

箱館奉行所始末　異人館の犯罪
森 真沙子［著］
元治元年（1864年）支倉幸四郎は箱館奉行所調役として五稜郭へ赴任した。異国情緒あふれる街は犯罪の巣でもあった！ 幕末秘史を駆使して描く新シリーズ第1弾！

蔦《つた》屋でござる
井川香四郎［著］
老中松平定信の暗い時代、下々を苦しめる奴は許せぬと反骨の出版人「蔦重」こと蔦屋重三郎が、歌麿、京伝ら「狂歌連」の仲間とともに、頑固なまでの正義を貫く！

かぶき平八郎荒事始　残月二段斬り
麻倉一矢［著］
大奥大年寄・絵島の弟ゆえ、重追放の咎を受けた豊島平八郎は八年ぶりに江戸に戻った。溝口派一刀流の凄腕を買われて二代目市川團十郎の殺陣師に。シリーズ第1弾

二見時代小説文庫

初秋の剣 大江戸定年組
風野真知雄［著］

現役を退いても、人は生きていかねばならない。人生の残り火を燃やす元・同心、旗本、町人の旧友三人組が厄介事解決に乗り出す。市井小説の新境地！

菩薩の船 大江戸定年組2
風野真知雄［著］

体はまだつづく。やり残したことはまだまだある。引退してなお意気軒昂な三人の男を次々と怪事件が待ち受ける。時代小説の実力派が放つ第2弾！

起死の矢 大江戸定年組3
風野真知雄［著］

若いつもりの三人組のひとりが、突然の病で体の自由を失った。意気消沈した友の起死回生と江戸の怪事件解決をめざして、仲間たちの奮闘が始まった。

下郎の月 大江戸定年組4
風野真知雄［著］

隠居したものの三人組の毎日は内に外に多事多難。静かな日々は訪れそうもない。人生の余力を振り絞って難事件にたちむかう男たち。好評第4弾！

金狐の首 大江戸定年組5
風野真知雄［著］

隠居三人組に奇妙な相談を持ちかけてきた女は、大奥の秘密を抱いて宿下がりしてきたのか。女の家を窺う怪しげな影。不気味な疑惑に三人組は…。待望の第5弾

善鬼の面 大江戸定年組6
風野真知雄［著］

能面を被ったまま町を歩くときも取らないという小間物屋の若旦那。その面は、「善鬼の面」という逸品らしい。奇妙な行動の理由を探りはじめた隠居三人組は…